L'OBSESSION DE LUKE

OURS DE RED LODGE - 1

KAYLA GABRIEL

L'Obsession de Luke

Copyright © 2020 par Kayla Gabriel

Tous droits réservés. Aucune partie de ce livre ne peut être reproduite ou transmise sous quelque forme que ce soit ou de quelque manière, électrique, digitale ou mécanique. Cela comprend mais n'est pas limité à la photocopie, l'enregistrement, le scannage ou tout type de stockage de données et de système de recherche sans l'accord écrit et expresse de l'auteure.

Publié par Kayla Gabriel

Crédit pour les Images/Photo : Deposit Photos: val_th, hannah_monika, VolodymyrBur

Note de l'éditeur :

Ce livre a été écrit pour un public adulte. Ce livre peut contenir des scènes de sexe explicite. Les activités sexuelles inclues dans ce livre sont strictement des fantaisies destinées à des adultes et toute activité ou risque pris par les personnages fictifs dans cette histoire ne sont ni approuvés ni encouragés par l'auteur ou l'éditeur.

BULLETIN FRANÇAISE

REJOIGNEZ MA LISTE DE CONTACTS POUR ÊTRE DANS LES PREMIERS A CONNAÎTRE LES NOUVELLES SORTIES, OBTENIR DES TARIFS PREFERENTIELS ET DES EXTRAITS

https://kaylagabriel.com/bulletin-francais/

1

 ous Êtes Cordialement Invités...

La Famille Beran a l'honneur d'organiser une soirée de rencontres le 4 juin 2014 à 17 h à Red Lodge, Montana. La soirée comprendra une animation musicale et un repas, ainsi qu'un cours de danse country ! Tous les Berserkers célibataires issus de lignées Alpha de tous clans sont encouragés à s'y rendre. Apportez vos bottes de cow-boy, et venez danser toute la nuit !

Aubrey Umbridge regarda longuement le morceau de papier cartonné d'un blanc immaculé qu'elle tenait mollement entre ses doigts, perplexe.

« Une invitation... » dit-elle en fronçant les sourcils tandis qu'elle levait les yeux vers ses parents. Le salon de sa maison de famille paraissait étrangement plus petit, comme si le fauteuil qu'elle occupait s'était, en quelques minutes, rapproché de plus d'un mètre du canapé où étaient assis ses parents. L'idée d'une soirée de rencontres avec d'autres

Berserkers à la recherche de partenaires lui asséchait la bouche, accélérait son pouls... et pas d'une manière agréable.

« Ouais, » grogna son père, qui n'avait jamais été un grand bavard. C'était un ours Alpha pur et dur, une masse de muscles de deux mètres de haut surmontée d'une étincelante chevelure argentée et d'une expression perpétuellement maussade.

« C'est pour ça que vous m'avez fait venir depuis la ville ? Je vous ai dit que j'avais beaucoup de travail au refuge cette semaine, » dit Aubrey en inclinant la tête.

Sa mère se pencha en avant, ce qui rappela un instant à Aubrey d'où elle tenait sa propre apparence. Sa mère mesurait un mètre soixante-cinq et était toute en courbes. Son visage rond et bienveillant et ses yeux d'un vert étincelant reflétaient à la perfection ceux d'Aubrey ; seuls l'âge de sa mère et ses cheveux châtain clair coupés court les distinguaient l'une de l'autre. Les cheveux d'Aubrey lui arrivaient à la taille et étaient teints en un profond rouge cerise, encadrant à la perfection ses formes généreuses et faisant ressortir ses vêtements sombres et sa peau pâle.

« Aubrey, dit sa mère. Nous... Il est important que tu y ailles. »

Aubrey lança un nouveau coup d'œil à l'invitation, perplexe.

« C'est ce week-end ! Je ne peux pas aller à ce truc, je dois aller voir un film avec Valérie et Samantha, » protesta Aubrey.

— Eh bien, ma chérie... commença sa mère.

— C'est obligatoire, » la coupa son père.

Aubrey resta bouche bée.

« Pardon ? » parvint-elle à dire au bout d'un moment.

« Requis. Pas en option, dit son père.

— Je... je sais ce que le mot obligatoire veut dire, Papa ! s'écria Aubrey. Ce que je veux surtout savoir, c'est ce qui te fait croire que tu peux m'obliger à assister à... à une soirée de rencontres à la con pour Berserkers. Pourquoi diable est-ce que tu veux que je le fasse, et pourquoi est-ce que j'accepterais ?

— Pour trouver un partenaire, » dit son père en se laissant aller contre le dossier du canapé, les bras croisés. « Et tu ferais mieux de surveiller ton langage dans cette maison. »

Aubrey se retrouva sans voix pour la deuxième fois en deux minutes.

« Pour trouver un partenaire ? C'est pas possible, tu te fiches de moi ! Qu'est-ce qui te fait croire que tu peux exiger ça de moi comme ça ?

— Allons, Aubrey, ma chérie, » dit sa mère dans une tentative de conciliation. « Il ne s'agit pas que de toi. Il s'agit de tous les enfants de familles Alpha.

— Papa n'est plus un Alpha, fit remarquer Aubrey. Il a pris sa retraite il y a deux ans de ça. Cette... cette *invitation* ne s'applique même pas à moi.

— Je faisais partie du comité des Alpha qui a pris cette décision. On a commencé à en discuter il y a des années, » dit son père.

Aubrey le regarda pendant un long moment, en s'efforçant de comprendre ce qui se passait.

« Le conseil des Alpha n'a rien de mieux à faire qu'organiser des soirées de rencontres pour leurs gosses ? J'ai du mal à le croire.

— Eh bien, tu ferais mieux de t'y mettre, Aubrey. Le conseil ne compte pas rester les bras croisés en regardant notre race s'éteindre simplement parce que ta génération n'a pas envie de se caser. Cette soirée n'est pas facultative. Trouver une ou un partenaire dans le courant de l'année qui vient est obligatoire pour tous les Berserkers célibataires entre vingt et un et quarante-cinq ans. Sans exception, dit son père.

— Est-ce que tu t'écoutes parler ? Ça ressemble terriblement au discours que tu m'as tenu avant de me coller de force dans les bras de Lawrence. »

Le mouvement de recul de son père en entendant le nom de cet homme n'échappa pas à Aubrey.

« Ce n'est pas la même chose, se défendit-il.

— Aubrey, intervint sa mère. Ça n'a rien de nouveau. Les Berserkers ont toujours fait ça, dans les moments difficiles. C'est comme ça que ton père et moi nous sommes rencontrés, si tu te souviens bien.

— Vous m'avez fait une promesse ! Vous l'avez oubliée, peut-être ? » les défia Aubrey.

Son père se mit debout, le visage rougi par la fureur.

« Ça remonte à deux ans, Aubrey ! Je t'aurais donné n'importe quoi à l'époque, n'importe quoi pour que tu te sentes à nouveau en sécurité. Mais je n'aurais jamais cru que tu resterais seule pendant presque dix ans. Tu n'as pas eu de petit ami sérieux depuis, et il n'est plus question que ça continue ainsi.

— J'ai eu des petits copains, » dit Aubrey, piquée au vif.

« Des ours ? » demanda son père en haussant un sourcil tandis qu'il s'avançait vers elle, de plus en plus agressif. Son ours était proche de la surface, grimpant aussi sûrement que sa colère. L'ourse d'Aubrey le suivait de près, la bousculant pour essayer de se libérer. L'ourse protégeait sauvagement Aubrey à tout moment, et ne comptait pas laisser quelque chose d'aussi insignifiant qu'un gigantesque mâle Alpha l'empêcher d'accomplir ce devoir.

Alors qu'elle s'efforçait de maintenir son ourse à distance, une idée insidieuse jaillit dans son esprit. Normalement, Aubrey aurait fait n'importe quoi pour éviter de voir son père se mettre dans une colère noire, mais à cet instant, ça lui aurait fourni une petite échappatoire. S'il se métamorphosait et se mettait à détruire le mobilier, sa mère se transformerait afin de le maîtriser. Aubrey serait oubliée dans la mêlée, et elle serait en chemin pour San Francisco avant même qu'ils s'aperçoivent de son absence. Elle n'avait qu'à le pousser encore un tout petit peu, et son père craquerait.

« Qu'est-ce que ça peut bien faire, avec qui je sors ? » siffla Aubrey en se levant et en regardant son père droit dans les yeux.

Sa mère intervint en saisissant son mari par le poignet et en l'attirant un pas en arrière. L'instant d'après, elle se retournait contre Aubrey, devinant sans peine ce qu'elle était en train de mijoter.

« Parce que tu es une Berserker au sang pur, et que tu as le devoir de transmettre ces gènes, Aubrey Rose Umbridge. À présent, cesse de provoquer ton père.

— Je ne prendrai pas de partenaire, » dit Aubrey en croisant les bras, imitant l'attitude de son père.

« Dans ce cas, tu seras bannie du clan, et je sais que ce n'est pas ce que tu veux, dit sa mère.

— Tu... tu n'es pas sérieuse ! s'exclama Aubrey.

« Écoute, je sais que ce n'est pas ce dont tu as envie. Tu as ta vie en ville, et tes amis. Ton père et moi sommes heureux que tu aies trouvé ta voie, vraiment, dit sa mère.

— Mais ? insista Aubrey.

— Mais il faut que tu essaies de trouver un partenaire. Nous n'avons pas cherché à ce que ça arrive, mais ça arrive bel et bien. Tout ce que nous te demandons pour l'instant, c'est de te rendre à une fête, ce qui n'est pas la mer à boire, si ? demanda sa mère.

— Une fête dans le Montana, où je suis censée choisir

un parfait inconnu pour en faire mon partenaire à vie. Je le répète : est-ce que vous vous fichez de moi ?

« Tu vas y aller, » dit son père en secouant la tête tandis qu'il se repliait près du canapé. « Nous n'en discuterons pas davantage. Faudra-t-il t'escorter jusqu'à la soirée, où vas-tu y aller toute seule ?

— Jack ! Cesse de la rudoyer, tu n'arranges rien ! soupira sa mère. Aubrey, je t'en prie. Je t'en prie, va seulement à la fête. Restes-y une heure, rencontre quelques personnes. Si ça ne te plaît vraiment pas, on essaiera autre chose. »

Devant le visage inquiet de sa mère, Aubrey se radoucit un peu.

« Très bien, soupira-t-elle. Je vais y aller, mais ça ne marchera pas. J'aime bien ma vie telle qu'elle est. Je ne suis pas faite pour avoir un partenaire.

— Tête de mule, » marmonna son père en se détournant pour se rendre au pas de charge dans son antre, la cabane du jardin arrière.

« Merci, ma chérie. Je pense que si tu te prêtes au jeu, tu pourrais même passer un bon moment, suggéra sa mère.

« C'est ça. Bah, si vous en avez terminé avec les exigences délirantes pour aujourd'hui, je vais rentrer chez moi, » dit Aubrey.

Elle vit la peine sur le visage de sa mère en partant, mais elle n'avait pas le courage de la réconforter. Ceci n'était que la dernière d'une longue liste d'exigences de la part de son père, de promesses brisées faites au nom de la sauvegarde des Berserkers. On était en Amérique, pas dans un pays rétrograde, et pourtant ses pairs étaient toujours soumis aux mêmes pressions sociales et dispositions matrimoniales que les épouses indiennes.

Bouillonnante de colère, Aubrey grimpa dans sa Volkswagen Rabbit noire et pilota sa voiture jusque sur l'autoroute. L'I-5 défilait tandis qu'elle tournait et retournait le problème dans son esprit, et le paysage devant son pare-brise se fondait en un tourbillon de pointillés blancs dans l'obscurité grandissante.

Pour la millième fois environ, Aubrey souhaita être née humaine. Si ç'avait été le cas, rien de tout ça ne serait en train d'arriver. Même cette histoire avec Lawrence n'aurait jamais eu lieu.

Elle frissonna et s'efforça de chasser de ses pensées cette sombre période de sa vie. Son esprit dériva vers la fête, vers l'idée de ces hommes célibataires. Elle devait reconnaître quelle n'avait rien contre le fait de rencontrer un inconnu bien baraqué et d'avoir un petit tête-à-tête avec lui en privé, mais elle ne voulait rien de plus que ça. Il y avait bien trop de temps qu'elle n'avait pas connu de sexe sauvage, à lui affoler le cœur et lui couper le souffle.

Elle prit une brusque inspiration, incapable de s'empêcher de penser directement à Luke. Luke, l'incarnation de tous ses fantasmes. Luke, l'amant sans nom de famille. Le Berserker qui avait partagé le seul moment de sa vie d'adulte où Aubrey avait réussi à tout foirer dans les grandes largeurs, toute seule. C'était le moment qu'elle regrettait le plus, plus encore que le fait d'avoir accepté de rencontrer Lawrence pour la première fois.

Luke... Elle l'avait rencontré au cours d'une escapade d'un week-end à San Diego. Ça remontait presque à deux ans, bien qu'Aubrey eût du mal à le croire. Luke avait été incroyable, suffisamment pour qu'elle zappe complètement le week-end qu'elle avait prévu de passer à s'amuser avec ses amies de la fac. Elle l'avait rencontré au bar de son hôtel, et chacun avait reconnu en l'autre le sang des Berserkers. Luke était grand et musclé, ses cheveux noirs coupés à ras, sa mâchoire parsemée d'une barbe de trois jours. Et ces yeux...

il avait les yeux les plus incroyables qui fussent, pareils à de sombres éclats de verre. Il s'était présenté, lui avait demandé son nom, et vingt minutes plus tard ils étaient dans l'ascenseur doré de l'hôtel, les lèvres soudées, à haleter avidement.

Ils avaient passé quarante-huit heures sans interruption dans le lit de sa chambre d'hôtel, à rire, à commander du champagne au service de chambre, et à explorer le corps de l'autre. Le sexe avait été grisant, véritablement comme une sorte de drogue. Il l'avait touchée partout. Bien qu'il fût du genre silencieux, il avait maintenu un débit constant de compliments, de supplications et de doux grondements, tandis que ses grandes mains lui parcouraient les hanches, les cuisses, les bras et le ventre, les endroits de son corps qui la complexaient. Il avait été insatiable, tout aussi avide d'elle qu'elle l'avait été de lui. Le temps qu'ils avaient passé ensemble lui avait mis du baume au cœur, soulageant les zones sombres et brisées en elle que Lawrence avait tordues et brûlées.

Et pourtant, elle ne lui avait jamais demandé son nom de famille. Lorsque Luke l'avait embrassée pour la dernière fois, les yeux assombris tandis qu'il lui expliquait qu'il repartait en mission le lendemain et n'avait pas d'autre choix que partir, Aubrey avait pris une décision. Elle voulait que leur moment reste parfait, une bulle fraîche de souvenirs à laquelle elle pourrait se raccrocher.

Elle avait donc simplement serré Luke dans ses bras et l'avait remercié. Lorsqu'il s'était levé pour prendre une douche et s'habiller, elle avait fourré ses affaires dans son sac et avait pris la fuite. Elle ne s'était même pas autorisée à essayer de le retrouver, bien qu'elle eût pensé à lui sans arrêt pendant plus d'un an. Elle n'arriverait jamais vraiment à cesser de penser à lui, même s'il lui rappelait…

Elle repoussa cette pensée. Ce n'était pas le moment de

penser au plus sombre et profond de ses secrets, une chose qu'elle avait même du mal à s'avouer.

Non, elle aimait mieux penser à Luke, à quel point il était sexy. Il restait son fantasme préféré ; chaque fois qu'elle se sentait seule et qu'elle décidait d'atténuer ce sentiment en s'aimant un peu toute seule, Luke était là pour elle.

Aubrey remua sur son siège en s'apercevant que ce soir-là risquait bien d'être l'un de ces soirs. Au moins pour ne pas penser à ce week-end. Elle alluma la radio, sourit toute seule et appuya sur l'accélérateur en contemplant, émerveillée, les gratte-ciel de San Francisco qui se dressaient devant elle.

2

Debout dans l'immense salle de bain du Chalet dans le Montana, Aubrey se regardait fixement dans le miroir. Ses longs cheveux étaient torsadés en une tresse lâche sur le côté, du mascara ourlait ses yeux d'un vert éclatant, et un soupçon de blush faisait ressortir ses pommettes. Elle portait une robe délicate de style Empire exactement du même jaune crémeux que le soleil de l'après-midi, dont le col plongeant mettait en valeur son décolleté. Un joli ruban de dentelle blanche entourait sa taille juste au-dessous de ses seins généreux et était noué dans son dos, sculptant la forme de sablier de sa silhouette. Elle avait parachevé l'ensemble d'un doux cardigan blanc à manches courtes et de bottes de cow-boy rouge feu, un achat compulsif qu'elle avait effectué quelques années plus tôt et qu'elle avait rarement l'occasion d'exhiber.

Elle baissa les yeux vers ses bras, vers ses tatouages. Elle avait un ankh noir épais sur un poignet, et une croix Celtique en fer forgé sur l'autre. Sur le haut de l'un de ses bras se trouvait un superbe serpent vert enroulé autour d'une pomme rouge vif. Sur son autre bras étaient dispersées de minuscules étoiles, lunes et planètes de couleurs différentes. Elle adorait ses tatouages, et en ajoutait un chaque année à sa collection, qu'elle s'offrait en cadeau d'anniversaire.

En se tournant sur le côté, Aubrey soupira. La fête à l'extérieur battait son plein, et elle était là, cachée dans cette fichue salle de bain. Elle avait bu un ou deux cocktails, avait dansé avec un ou deux séduisants Berserkers, et pourtant, elle avait toujours l'impression d'être... mal fagotée. Elle avait beau être bien habillée, et badiner avec beaucoup d'esprit, elle n'avait tout simplement pas le cœur à ça. Elle n'arrêtait pas de regarder la concurrence autour d'elle, en remarquant au passage que quelques-unes des femmes Berserker étaient des blondes au physique de mannequin qui flirtaient et s'intégraient avec aisance.

Aubrey était plus qu'un peu potelée. Elle avait de gros seins, des hanches larges, et une sacrée paire de fesses. En se mordant la lèvre, elle regarda son téléphone. Elle n'avait plus que vingt minutes à tenir, et la promesse réticente qu'elle avait faite à sa mère serait honorée.

Est-ce qu'on peut vraiment dire que tu as essayé si tu as passé la moitié de la soirée cachée aux toilettes ? se réprimanda-t-elle.

Elle se redressa, carra les épaules, et s'obligea à quitter la salle de bain et à retourner dehors. Lorsqu'elle sortit sur le péristyle du Chalet, la musique des violons enfla et l'enveloppa. Elle décida qu'elle prendrait d'abord un autre verre, puis essaierait à nouveau de se montrer sociable. Peut-être qu'elle pourrait même retrouver ce brun mignon avec lequel elle avait déjà dansé et s'essayer à nouveau à la danse country.

Elle descendit au milieu de la foule bruyante, mais ne parvint qu'à parcourir un peu plus d'un mètre avant qu'un blond gigantesque titube en arrière et manque de la renverser.

« Putain, t'es vraiment un bon à rien, Emmet ! » cria un autre homme.

Aubrey se pencha derrière le blond pour jeter un coup d'œil, et vit un séduisant Berserker aux cheveux noirs, le visage rouge de fureur, les poings serrés pour se retenir de se transformer et de se battre. Elle observa le type, en se disant qu'il lui disait vaguement quelque chose. D'un autre côté, elle avait déjà dû se dire ça au moins quatre fois dans la soirée. Elle n'arrêtait pas de voir des mecs du style grand, beau et ténébreux, et de se dire qu'ils lui rappelaient Luke.

Luke n'est pas ici. Tu parles, c'est une perle, évidemment qu'il est déjà apparié. Arrête d'être aussi pathétique, se rappela-t-elle pour la cinquième fois.

Le blond dit quelque chose de méchant, et le brun frappa comme l'éclair. Son poing heurta le visage de l'autre Berserker, et du sang s'écoula aussitôt. Aubrey fit la grimace et s'écarta subrepticement de leur chemin, laissant la marée d'inconnus se déverser et interrompre le combat avant que les choses dégénèrent.

Aubrey contourna de très loin l'extérieur du chapiteau afin d'éviter toute cette agitation. Elle se contenta de se promener au hasard et de regarder les gens pendant une minute, puis se rappela qu'elle était partie pour aller au bar. Elle se dirigea droit vers son prochain cocktail vodka-canneberge, et s'arrêta derrière un couple ivre qui occupait plusieurs sièges au bar. À en juger par la manière dont la blonde était étalée sur le corps du grand costaud, on aurait dit que la soirée de rencontre marchait plutôt bien pour eux.

Elle se posta juste derrière eux, avec l'impression d'être une idiote tandis qu'elle adressait un signe de la main au barman pour essayer d'attirer son attention.

« De l'eau. Beaucoup d'eau, » marmonna l'homme au bar lorsque le barman arriva.

Aubrey se figea. Cette voix... elle connaissait cette voix. Pendant une fraction de seconde, elle craignit de s'être retrouvée juste derrière Lawrence. Mais il n'aurait pas été là, évidemment. Il avait une partenaire et vivait à l'autre bout du pays.

Ce fut alors qu'elle prit conscience de la raison pour laquelle elle connaissait cette voix bourrue. Elle l'avait entendue dans son fantasme très coquin, à peine quelques jours plus tôt. Malheureusement, cette voix, au lieu de lui donner des picotements partout comme dans ses rêves, la fit blêmir dans la réalité.

Putain, il fallait que ce soit Luke. Ça, pour être là, il était là. Et pratiquement recouvert d'une blonde mince et ivre dont la main se glissait le long de sa cuisse, droit vers son sexe. Quelque chose de sombre remua en elle, un éclair de culpabilité, de honte et de peur tout à la fois. De la colère, également, bien qu'elle ne comprît pas du tout cette réaction.

Luke se raidit, sentant les brûlures que ses yeux perçaient dans son dos. Avant qu'Aubrey ait pu tourner les talons et s'enfuir, il se retourna et la regarda droit dans les yeux, de près. Son visage resta un instant perplexe avant de se décomposer, comme si rien n'aurait pu lui faire moins plaisir que de la voir.

« Aubrey ! » s'exclama-t-il. Elle ne put s'empêcher de le regarder, bouche bée. Toute cette grandeur, cette beauté ténébreuse, soudain à seulement quelques centimètres du bout de ses doigts. Et dans une position compromettante avec une autre fille, en plus. Aubrey observa la jeune femme sans méchanceté ; elle espérait simplement qu'elle se montrerait plus intelligente qu'elle-même ne l'avait été. Qu'elle prendrait beaucoup plus de précautions.

« Luke, » répondit Aubrey, en mettant un point d'honneur à détourner son regard de la blonde qui était désormais en train de se glisser sur ses genoux. Son regard fut ramené sur lui en un instant à peine. Aubrey ne put s'empêcher de remarquer qu'il avait désormais les cheveux plus longs, une coupe moins militaire. Son bronzage était également plus clair, mais il était tout aussi canon que la première fois qu'elle avait posé les yeux sur lui. Le fait de le regarder lui serra le cœur d'une manière qu'elle n'avait pas ressentie depuis le moment où elle l'avait quitté sans rien dire deux ans plus tôt.

« Euh… c'est pas ce que tu crois. Je suis bourré, » dit-il en repoussant la femme sur son siège.

Aubrey fut un instant surprise, étant donné que Luke mettait un point d'honneur à ne pas boire quand elle l'avait rencontré. Puis elle réalisa que ça n'avait aucune importance. Toute cette interaction était ridicule, et son désir le plus cher était de s'échapper. Elle avait accompli son devoir envers ses parents, et il était désormais plus que temps pour elle de rentrer chez elle. Il n'y avait absolument rien ici pour elle, hormis du chagrin.

« Je vois, dit-elle. Bien sûr. »

Elle se détourna pour partir, mais Luke s'élança en avant et lui saisit le poignet. Son regard tomba sur son décolleté, puis survola rapidement ses tatouages, dont la plupart étaient nouveaux, faits dans les années qui avaient suivi leur rencontre. Quelque chose dans la manière dont il la regardait lui donna la chair de poule, et elle frissonna.

« Aubrey attends ! insista-t-il.

— Je ne crois pas, » fit-elle sèchement en essayant de se dégager de son étreinte.

« Je ne savais pas que tu serais ici ! dit-il.

— Ouais, moi non plus. Lâche-moi, maintenant, » dit-elle. Elle s'arracha à lui, fit volte-face et sortit presque en courant de la tente.

Des larmes brûlantes lui piquaient les yeux, et elle se sentit à nouveau gagnée par la honte et la colère. Elle se réprimanda intérieurement. Luke n'était rien pour elle, elle n'était rien pour lui. Rien d'autre qu'une aventure de deux nuits qui remontait à deux ans. De quel droit ressentait-elle cela ?

Avant même d'avoir pu essayer de réfléchir au chagrin et à la fureur qui envahissaient sa poitrine, elle était déjà dans sa voiture de location, et sortait de l'allée des Beran.

« Non. Plus jamais, se promit-elle. Et ne t'avise pas de pleurer. »

Faisant ronfler le moteur, Aubrey s'éloigna de Luke autant qu'il lui était possible de le faire.

3

Luke Beran s'étala sur le lit *queen-size* de sa chambre d'hôtel, le regard rendu vitreux par le manque de sommeil. Après être tombé sur Aubrey dans les pires circonstances possible, il savait qu'il avait commis une terrible erreur.

« J'ai merdé, marmonna-t-il tout haut. J'ai gravement et irrémédiablement merdé, c'est clair. »

Et pourtant, Luke essayait quand même d'arranger les choses. Après le départ d'Aubrey, Luke avait pris la décision de la retrouver et de s'excuser. Peut-être que s'il s'y prenait suffisamment bien, Aubrey pourrait lui pardonner. Et s'il sortait le grand jeu et la faisait tomber sous son charme, peut-être envisagerait-elle de lui accorder davantage que son pardon. Elle pourrait, disons, revenir à sa chambre d'hôtel et lui en mettre plein la vue, comme elle l'avait fait la dernière fois.

« T'aimerais bien, connard, » grogna-t-il pour lui-même.

À ce stade, il n'avançait que par pure chance et complètement au radar. Déjà, s'il n'avait pas été aussi con et curieux, ce qui lui attirait habituellement des tas d'emmerdes, il n'aurait même pas le nom complet d'Aubrey. Quand ils avaient passé ce week-end ensemble à San Diego en 2012, il était pratiquement tombé amoureux d'elle et ne s'en était même pas rendu compte. Ça lui avait porté un sacré coup quand il était sorti de la douche en prévoyant ce qu'il allait dire pour la convaincre de lui donner une chance, et de lui demander d'attendre qu'il revienne de sa dernière mission.

Bon sang, comment est-ce que Luke aurait pu retrouver sa trace et la supplier de lui accorder davantage qu'un week-end de folie alors qu'il ne connaissait même pas son nom de famille ?

Tandis qu'il traversait pitoyablement le hall d'entrée en traînant les pieds, le rejet flottant au-dessus de sa tête tel un nuage d'orage, il s'était arrêté à la réception. En dévisageant la réceptionniste, il s'était aperçu qu'elle était cliente du même hôtel. Luke avait harcelé, soudoyé et supplié tout le monde à la réception jusqu'à ce qu'on lui donne enfin les cinq mots dont il avait tant besoin : Aubrey Umbridge, San Francisco, Californie.

Après ça, il avait convaincu l'un des membres de son unité les plus versés dans les technologies de l'aider à se servir des réseaux sociaux pour découvrir tout ce qu'il pouvait au sujet de Mlle Aubrey Rose Umbridge. Il l'avait observée de loin, et avait même enregistré quelques photos de mauvaise qualité de son compte Facebook public sur son ordinateur portable. Allongé sur son lit de camp, tous les soirs, il rêvait d'avoir une permission pour pouvoir retrouver sa trace et lui demander un nouveau rencard. Peut-être goûter à nouveau les lèvres d'Aubrey, toucher ses courbes généreuses à la peau pâle.

Et c'est alors que tout était parti en vrille. Après les premières révoltes du Printemps Arabe, le commandement avait transféré l'unité de Luke en Jordanie pour s'occuper des débordements de la guerre civile en Syrie. Après dix ans de service en Afghanistan et en Irak, la transition était difficile. Nouvelle langue, nouvelle culture, nouveaux problèmes. La moitié des effectifs de leur unité avait également changé, ce qui signifiait qu'il avait perdu le contact avec certains de ses amis les plus proches et les plus anciens.

Alors que Luke commençait tout juste à prendre ses marques, un soldat de deuxième classe à bout de nerfs et atteint d'une maladie mentale avait pété un câble et avait tiré sur son propre camp, tuant trois des amis proches de Luke ainsi qu'une douzaine d'autres. Ce fut Luke qui abattit le soldat de vingt et un ans, par un coup de chance terrible, celui de s'être trouvé dans la même pièce avec une arme à portée de main.

Pendant longtemps après ça, Luke n'avait pas pensé à grand-chose d'autre qu'essayer de tenir pendant le restant de sa mission sans que quiconque, ami ou ennemi, ne lui fasse sauter la tronche. Il n'avait pas oublié Aubrey, loin de là, mais il était entré dans une sorte d'hibernation mentale, ne se concentrant que sur la survie.

Alors il avait fait son temps et laissé l'armée derrière lui. Il était retourné aux États-Unis, et bien que Luke sût qu'il était bien plus en sécurité, il ne se sentait pas mieux pour autant. Il était comme un poisson hors de l'eau ici, et ç'avait été une période difficile.

C'est alors qu'il avait vu Aubrey. Elle n'avait pas du tout changé, avec son doux visage, ses cheveux d'un rouge foncé flamboyant, et ses courbes plantureuses. Il s'était mis à bander alors même que son corps avait fait un saut périlleux dans sa poitrine, et pendant un instant il avait véritablement éprouvé… de l'espoir. Pour la première fois depuis qu'il était rentré… Bon sang, pour la première fois depuis qu'il avait descendu ce gamin en Jordanie, en réalité, il avait l'impression que les choses allaient peut-être s'arranger pour lui.

Aubrey n'avait posé qu'un seul regard sur sa tronche d'ivrogne et sur la nana sur ses genoux, qui avait déjà promis de le sucer plus tard, et elle avait tourné les talons pour partir en courant. Luke ne pouvait pas lui en vouloir, pas le moins du monde. Mais ça ne signifiait pas qu'il allait la laisser filer, pas vraiment.

Luke s'arracha à ses souvenirs lorsqu'une alarme de voiture retentit, quelque part sous la fenêtre de sa chambre d'hôtel au deuxième étage. Tout son corps se tendit, et une fine pellicule de sueur recouvrit tout son corps. Il resta allongé, immobile, pendant une ou deux minutes, s'efforçant de respirer profondément alors qu'il n'avait qu'une envie, celle de quitter le navire. Les alarmes de voiture étaient un signal majeur de violence imminente en Jordanie, et leur bruit lui glaçait toujours le sang et le rendait agité.

L'une des choses qu'il trouvait les plus difficiles dans sa vie après l'armée était de se tenir tranquille ; dans l'armée, on avait toujours quelque chose à faire. Quand on ne tombait pas d'épuisement pour la nuit, on avait une longue liste de trucs à faire. Il aimait bien s'occuper, car une cible en mouvement est moins facile à atteindre. Ici, cependant, tout n'était que salles d'attente, coins salons, queues interminables, et des gens debout, avec une infinie patience. Simplement plantés là, à siroter leur Starbucks, en attendant que la vie suive son cours.

Luke détestait ça.

Il relâcha le souffle qu'il retenait, en se disant qu'il avait besoin de dormir. Dormir vraiment, pour de bon, et pas seulement rester allongé dans le noir, dans sa chambre d'hôtel, avec tous ses vêtements au cas où... Il repoussa cette pensée avant qu'elle ne prenne de folles proportions. Il n'allait rien se passer, il était simplement épuisé.

Ces derniers jours avaient été un tourbillon de longs trajets en voiture, de vols, d'attente dans des aéroports, et de nombreuses conversations laconiques avec l'ancien commandant de son unité, Stephen Collinswood. Stephen avait quitté l'armée avant que l'unité ne soit transférée en Jordanie, et il vivait désormais à Seattle avec sa femme et ses deux gamins. Stephen était l'un des rares amis de Luke à être à la fois encore en vie et de retour dans le monde civil. C'était également un loup métamorphe, ce qui signifiait qu'il comprenait certaines des bizarreries de la vie civile de Luke. De ce fait, Stephen était devenu le confident de Luke.

Stephen travaillait également pour la police de Seattle, ce qui signifiait que lorsque Luke avait décidé de retrouver la trace d'Aubrey, son premier coup de fil avait été pour Stephen. Stephen avait eu pitié de lui et lui avait donné les coordonnées de son Alpha, bien qu'il eût refusé de lui fournir quoi que ce fût de personnel, comme son adresse à elle.

La veille, Luke s'était rendu chez l'Alpha en question, et avait obtenu des résultats mitigés. James Erikson n'était pas le Berserker le plus amical au monde. En fait, il rappelait à Luke son propre père. Luke avait expliqué ses tentatives afin de retrouver Aubrey, promis qu'il avait les meilleures intentions du monde, et avait même donné les noms et les numéros de téléphone de son père et de Stephen comme référence. Erikson s'était montré taciturne et sceptique, bien qu'il eût apparemment validé cette histoire de partenaires forcés.

Alors même que Luke était sur le point d'essayer autre chose, Erikson avait dit qu'il lui semblait qu'Aubrey travaillait dans « un refuge pour SDF, une espèce de connerie féministe ».

Au moins, ça avait fourni à Luke un point de départ. Il sortit péniblement du lit et retira ses chaussures, puis se déshabilla, ne gardant que son boxer. Ce qu'il y avait de plus génial dans le fait d'être au pays, c'était de pouvoir dormir pratiquement nu, et il essayait d'en profiter. Enfin, du moins, les soirs où il se sentait suffisamment calme pour se déshabiller.

Il éteignit la lampe sur la table de chevet, s'étendit sur le dos et regarda longuement le plafond. Son esprit dériva à nouveau vers Aubrey. Elle était tellement canon l'autre soir, tout apprêtée comme ça. Elle était habillée de manière très innocente, et ça lui avait donné sacrément envie de savoir ce qu'elle portait dessous. Lorsqu'il l'avait déshabillée, à San Diego, à l'époque, elle portait un soutien-gorge rouge sexy et une culotte de dentelle noire.

Il remua sur le lit, et sa main descendit se poser sur son érection de plus en plus dure. Luke ferma les yeux et se rappela la manière dont elle avait frissonné lorsqu'il lui avait lentement retiré sa robe, davantage à cause de l'excitation que de l'air frais contre sa peau. Et sa peau...

Aubrey était tout bonnement magnifique, toute rose et sans défaut de sa tête aux ongles rouges comme un camion de pompiers de ses pieds. Luke aimait les femmes de toutes les formes et de toutes les tailles, mais il aimait tout particulièrement celles qui avaient des courbes comme celles d'Aubrey. Il y avait des mecs qui dénigraient les filles rondes, mais Luke aimait bien les jolis culs potelés et les gros seins, il aimait bien les femmes qu'il pouvait allonger et baiser sauvagement.

En y pensant, en la visualisant nue et prête pour lui, Luke repoussa son boxer le long de ses hanches et saisit son membre. Il était déjà si excité qu'un seul va-et-vient de son poing lui fit prendre une brusque inspiration, et son sexe tressaillit sous ses doigts. Il allait falloir qu'il se tempère un peu à présent, s'il voulait tenir plus de trente secondes. Mais en pensant à sa nana... Elle avait été si parfaite, elle l'avait rendu dingue.

Avec Aubrey, il n'avait pas éprouvé le moindre besoin de se retenir. Lorsqu'il l'avait débarrassée de sa robe, il l'avait attirée tout contre son corps, et l'avait violemment embrassée, pour la tester. Elle s'était montrée très sensible, réagissant à chaque petit coup de sa langue contre la sienne, à chaque mouvement de ses mains sur ses hanches et ses flancs. Mais elle lui avait rendu coup pour coup, griffant son cuir chevelu et ses épaules de ses ongles, lui mordant la lèvre inférieure, gémissant dans sa bouche lorsqu'il avait glissé sa main vers le bas et avait effleuré de ses doigts l'avant de sa culotte.

Lorsque Luke repensa à la première fois qu'il avait touché sa fente chaude et humide, il poussa un grognement. Il l'avait allongée sur le lit et l'avait dénudée, puis avait pris ses gros seins dans ses mains, mordant, léchant et suçant ses mamelons aussi roses que des pétales jusqu'à ce que son bassin ondule et qu'elle se mette à haleter. Puis il avait écarté ses genoux et l'avait fait languir, touchant ses hanches, l'intérieur de ses cuisses, et son mont de Vénus. Lorsqu'il avait enfin fait aller et venir un doigt le long de ses plis roses, elle mouillait abondamment pour lui.

Luke fit aller et venir son poing plus vite et plus fort, sentant ses bourses se contracter.

Il accéléra l'instant dans son esprit, et pensa au moment où il l'avait mise à quatre pattes, écartée et prête à le prendre profondément. Il avait plongé dans son passage, et sa chaleur étroite s'était resserrée autour de lui comme le plus ajusté des gants. Tout comme à cet instant, il avait été obligé de se contrôler, de refréner l'orgasme qui menaçait de s'emparer de son corps.

Elle s'était alors mise à lui parler, à l'encourager.

« Baise-moi, Luke, avait-elle haleté. Ouais, prends-moi là, comme ça. Oh, bon sang, fais-moi jouir, Luke ! »

Et elle l'avait alors fait, en se refermant étroitement sur sa queue tout en criant son nom...

Luke perdit le contrôle de l'instant, et arqua le dos au-dessus du lit en jouissant. Sa semence jaillit en jets successifs dans sa main, et il poussa un cri tandis qu'il visualisait Aubrey en train de prendre sa queue, de le recouvrir de ses fluides chauds, de le supplier de continuer. Enfin, il s'effondra en tremblant, le souffle laborieux.

Il lui fallut une minute entière pour se lever et se nettoyer. Il posa sur le lit un regard furieux avant d'y remonter, en s'apercevant qu'en pensant au temps qu'il avait passé avec Aubrey, il s'était senti moins seul pendant quelques minutes. À présent, évidemment, le sentiment revenait de plus belle.

Tout en s'enveloppant dans l'édredon, Luke ferma les yeux et s'efforça de se détendre, de laisser le sommeil l'emporter. Sa dernière pensée fut qu'un de ces jours, dans un avenir proche, il ne dormirait peut-être plus seul.

4

Luke gara sa berline noire de location le long du trottoir sur Mission Avenue, dans le centre-ville tranquille de Sunnyside, en Californie. Il jeta un coup d'œil au morceau de papier posé sur son siège passager, pour vérifier que l'adresse gribouillée dessus était la bonne. En consultant les numéros de chaque côté de la rue, il avisa bientôt un immeuble de briques, morne et bas, vers le milieu du pâté de maisons. Il n'y avait rien à l'extérieur pour indiquer ce qu'il abritait, hormis une petite plaque de bronze portant l'adresse. Un dernier coup d'œil au papier confirma que l'immeuble était effectivement le Refuge pour Femmes de Sunnyside, le lieu de travail actuel d'Aubrey.

Derrière ces briques insignifiantes se trouvait un refuge top-secret pour les femmes, un centre de ressources pour les victimes de sévices et de violences domestiques. Bien que la piste qui conduisait au refuge eût été mince et clairsemée, Luke avait trouvé le nom d'Aubrey sur les listes d'un certain nombre d'événements caritatifs, et jamais comme donatrice. Le fait de comprendre qu'elle travaillait pour une organisation à but non lucratif collait au souvenir que Luke avait d'Aubrey. Lorsqu'il était avec elle à San Diego, elle avait dit vouloir en faire davantage pour sa communauté, surtout pour les femmes prises au piège dans des foyers dangereux.

Luke avait suivi la piste, trouvé plusieurs refuges bénéficiaires des galas et enchères auxquels Aubrey avait assisté, et avait croisé les noms des œuvres caritatives avec les adresses des foyers. Luke avait passé la matinée à réduire la liste de possibilités, puis à appeler tous les foyers de sa liste pour essayer de prendre rendez-vous avec Aubrey. Les foyers pour femmes ne plaisantaient pas avec la sécurité, la tâche n'avait donc pas été facile, mais l'une des secrétaires avait commis une bourde et avait réagi au nom d'Aubrey.

Désormais, il se tenait devant le Refuge pour Femmes de Sunnyside, et espérait qu'il ne s'y prenait pas complètement de travers. Avant de pouvoir se dégonfler, Luke s'avança vers le portail de sécurité en acier renforcé. Lorsqu'en tirant la poignée, il découvrit que la porte était étroitement verrouillée, il appuya sur une sonnette non marquée à droite du chambranle de la porte. Il y eut un ronronnement mécanique, et Luke leva droit les yeux sur un ensemble de caméras de surveillance qui pivotaient dans sa direction. Il recula d'un pas et garda le visage levé vers le haut, en s'efforçant de ne pas paraître menaçant. Il était difficile de paraître inoffensif quand on mesurait plus d'un mètre quatre-vingt-dix, et qu'on avait les cheveux noirs et une barbe fournie. Les ours métamorphes n'étaient pas de petites natures, et ne se promenaient généralement pas en affichant des sourires éblouissants.

Il avait dû passer l'inspection, car au bout d'un instant la porte bourdonna et les verrous s'ouvrirent en cliquetant. Il tira la porte et entra dans une pièce carrelée de blanc où deux autres portes de sécurité flanquaient un bureau d'accueil derrière une vitre blindée. Il s'avança vers la vitre, et se pencha en avant pour jeter un coup d'œil à la jeune fille blonde qui le dévisageait. Elle tendit la main et appuya sur un bouton d'interphone avant de parler.

« Puis-je vous aider ? » fit sa voix grêle.

Il se pencha vers le haut-parleur de son côté et appuya sur le bouton.

« Euh, ouais. J'ai appelé pour prendre rendez-vous avec Aubrey Umbridge, » dit-il.

La fille le regarda longuement, puis secoua la tête.

« Je suis désolée, je ne pense pas pouvoir vous aider.

— Pouvez-vous demander à Aubrey de venir ? Elle voudra me voir, » dit Luke. Il conserva un visage lisse et neutre, en espérant ne pas faire peur à la fille au point qu'elle donne l'alarme. Il n'était pas là pour faire peur ou faire du mal à qui que ce soit, mais sa présence n'était pas non plus vraiment approuvée par Aubrey.

La fille appuya à nouveau sur le bouton de l'interphone.

« Je suis désolée, je ne peux pas vous aider. Je vais devoir vous demander de partir, » dit-elle.

« Madame, je vous promets qu'Aubrey me connaît. Je suis seulement là pour la voir. On, euh, on est amis, » dit-il en lui adressant un regard qui suggérait une situation très personnelle.

« Je ne peux pas... » La fille était partie pour recommencer sa récitation mécanique, mais une porte s'ouvrit alors dans le bureau et Aubrey entra. La jeune blonde se retourna avec des yeux ronds comme des soucoupes. La bouche d'Aubrey s'ouvrit, probablement pour la saluer ou quelque chose de ce genre, mais il ne lui fallut que quelques secondes pour lever brusquement le regard.

La façon dont ses yeux se plissèrent et dont sa bouche se pinça suggéra à Luke qu'elle était encore moins ravie de le voir qu'il ne l'avait supposé. Aubrey regarda à nouveau la jeune femme, lui adressa un sourire rassurant et lui tapota l'épaule. La blonde se leva et lança à Luke un dernier regard soupçonneux avant de quitter le bureau.

Aubrey s'avança d'un pas vif vers la vitre et se pencha vers l'interphone, le rideau rouge sombre de ses cheveux tournoyant autour de sa silhouette plantureuse tandis qu'elle tendait la main et appuyait sur le bouton de l'interphone d'un ongle à la pointe écarlate.

« Qu'est-ce que tu fais ici ? » demanda-t-elle, un éclair d'émotion dans ses yeux émeraude.

Luke fit un pas en avant, et ses lèvres s'incurvèrent vers le haut du simple fait d'être près d'elle. Il appuya sur l'interphone et se pencha en avant.

« Je suis ici pour te voir, » dit-il.

L'air maussade, elle se pencha à nouveau en avant, sa robe de coton noir au col plongeant lui offrant un aperçu de son décolleté pâle et généreux. Luke la regarda droit dans les yeux et gronda doucement, sachant qu'elle déchiffrerait son langage corporel même si elle ne pouvait pas entendre le son qu'il avait émis. Il la vit se raidir, réprimant un frisson, et son ours gronda de plaisir. Au moins, son corps réagissait toujours à lui.

« Je ne sais même pas comment tu... Bon sang, comment est-ce que tu as fait pour découvrir que je travaillais ici ? voulut-elle savoir.

— Je connais du monde, » dit Luke avec un haussement d'épaules.

Aubrey se cacha un instant les yeux derrière la main, visiblement aux prises avec quelque chose. De la curiosité, peut-être. De la colère. Du désir peut-être, si Luke avait de la chance. Au bout d'un moment, elle le regarda et se pencha à nouveau en avant, en appuyant sur le bouton pour se faire entendre.

« Écoute, je ne sais pas ce que tu fais ici. Je ne sais pas ce que tu veux, et je m'en fiche un peu. Il faut que tu t'en ailles. Ici, c'est... » Aubrey s'interrompit et agita la main pour désigner le refuge, « C'est pas le genre d'endroit où les hommes peuvent se pointer quand ils essaient de traquer les femmes. En fait, c'est tout le contraire. »

Luke grimaça et hocha la tête, ayant vu venir cette réaction.

« Je sais. Je me suis dit qu'il valait mieux que je me pointe ici que chez toi. »

La bouche d'Aubrey se plissa en un arc mécontent.

« Mmm. C'est pas rassurant. De quoi est-ce que tu as besoin, au juste ? Parce que tu as exactement une minute avant que j'appelle quelqu'un pour t'escorter jusqu'à la sortie, fit-elle sèchement.

— Je veux que tu sortes avec moi un de ces soirs, » dit-il, faisant au plus simple.

La bouche d'Aubrey s'ouvrit une fois, puis se referma. Sa surprise était charmante, et fit sourire Luke.

« Tu... » commença-t-elle, puis elle s'interrompit. « Tu as suivi ma trace jusqu'à mon lieu de travail, un refuge secret pour femmes, en plus... Tu as fait tout ça pour me proposer un rencard ?

— Ouaip, » acquiesça Luke avec un sourire encore plus large. Il observait son corps, remarquant comme son souffle s'était accéléré, comme la peau de son cou et de sa poitrine s'était mise à rosir, comme elle enfonçait ses ongles dans un innocent bloc-notes posé sur le bureau. Elle réagissait vraiment merveilleusement à lui, tout comme elle le ferait lorsqu'ils allaient enfin b...

« Il faut que tu t'en ailles, » dit Aubrey en abattant une pile de dossiers sur le plateau de métal de son bureau avec un bruit sonore qui fit sursauter Luke. Lorsqu'il leva les yeux vers elle, elle paraissait bouleversée et déroutée. Pas vraiment l'accueil passionné qu'il aurait voulu, mais bon...

« Je laisse ma carte ici, pour que tu puisses prendre contact si ça te dit, » dit-il en la posant sur le comptoir.

Lorsqu'elle abattit sa main sur la vitre avec un agacement évident, Luke leva les mains en signe de reddition et recula. Il posa sur Aubrey un dernier long regard, admirant la manière dont sa poitrine se soulevait et s'abaissait, et dont elle rougissait sous son inspection, avant de se retourner et de franchir le portail de sécurité.

Une fois ressorti dans la rue, clignant des yeux sous le soleil éclatant de l'après-midi, Luke sourit à nouveau largement.

« Ç'aurait pu être pire, » dit-il en s'adressant un hochement de tête.

Après tout, songea-t-il tandis qu'il retournait à sa voiture de location, au moins Aubrey avait réagi face à lui. De toute évidence, elle devait bien avoir quelques sentiments pour lui, sans quoi elle n'aurait pas été si remontée en le voyant. Il fit taire la petite voix dans un coin de sa tête, celle qui disait qu'il n'était pas le premier homme à entrer au Refuge pour Femmes de Sunnyside à la recherche d'une femme, avec le même genre d'idées en tête.

Mais à la différence de ces ratés d'ex-maris timbrés, Luke avait des sentiments pour Aubrey. Il ne lui avait jamais fait de mal, et il ne lui en ferait jamais, au grand jamais. Il n'avait peut-être pas la science infuse, mais il savait reconnaître les bonnes choses quand elles se présentaient. Et Aubrey...

Bon sang, elle était merveilleuse, Aubrey.

En sifflotant, il éloigna sa voiture du trottoir et retourna à son hôtel. Il avait encore des choses à organiser, semblait-il.

5

MARDI

Aubrey descendit de sa Volkswagen Rabbit et sortit sur le parking du Café-Plaisir, son café préféré. La lumière du petit matin filtrait à travers les nuages, promettant vingt-quatre heures de plus d'un temps superbe. D'ordinaire, c'était le moment de la journée qu'Aubrey préférait, suffisamment tôt pour se détendre dans le silence et la tranquillité, pour prendre un peu de recul sur elle-même avant la journée chargée qui l'attendait.

Eh bien, pas aujourd'hui. Elle avait été à cran tout l'après-midi de la veille suite à la visite de Luke, et elle s'était retournée dans tous les sens toute la nuit. À présent, elle n'était qu'une boule de nerfs grincheuse et épuisée. Aubrey ouvrit la porte d'entrée du café à la volée, grimaçant lorsqu'elle claqua contre le mur, et s'avança au pas de charge vers la caisse.

« Un grand chai sans lait ni sucre, chaud, » marmonna-t-elle au jeune type qui bossait à la caisse.

« C'est pas vous, Aubrey ? » demanda-t-il en lui adressant un sourire radieux.

« Euh... si... » dit-elle en fronçant les sourcils.

« Chouette ! Votre boisson a déjà été payée. Toutes vos boissons de la semaine, en fait. Et tout ce que vous souhaiterez d'autre, » lui dit le gamin.

« Ah bon, c'est vrai ? » demanda-t-elle en croisant les bras.

« Ouais. Un grand type costaud est venu ici ce matin et nous a demandé de tout débiter sur sa carte, » répondit le caissier.

Aubrey renifla, ignorant l'expression déroutée du type.

« Très bien. Dans ce cas, donnez-moi dix cafés et cinq cafés au lait. Avec mon chai, évidemment, dit-elle. Et vous pouvez vous attendre à la même commande tous les jours de cette semaine à la même heure, jusqu'à ce que Luke s'y oppose.

— Euh, bien sûr. Tout de suite, » dit le caissier avant de crier sa commande au serveur.

« Super. Elles vont adorer ça, au bureau, » lui dit Aubrey.

Sur ces mots, elle laissa un billet de cinq dollars comme pourboire et s'éloigna à grands pas pour aller attendre à l'autre bout du comptoir, en secouant la tête.

6

Aubrey se gara sur le parking de son immeuble après le travail, toujours en super forme après les quatre cafés qu'elle avait consommés au cours de la journée. Elle bondit hors de la voiture et s'efforça de ne pas courir jusqu'à sa porte d'entrée, s'arrêtant net lorsqu'elle avisa une longue boîte blanche calée contre la porte. Elle était enveloppée d'un ruban de velours rouge, avec une carte collée dessus par du ruban adhésif. Elle se pencha pour la ramasser et entra dans son appartement. Après avoir laissé tomber ses clés et son sac à main sur la table de la cuisine, elle ne put résister à l'envie d'ouvrir le colis.

L'essentiel de la boîte était occupé par un splendide bouquet de roses rouge sang et de gypsophiles d'un blanc pur, le tout enveloppé dans un morceau de tissu vaporeux. Aubrey se mordit la lèvre, résistant à toute réaction. Elle n'avait encore jamais reçu de fleurs, alors bien sûr qu'elle éprouvait un petit frémissement d'excitation. Ça n'avait rien à voir avec Luke, c'était seulement un sentiment général de bonheur.

En regardant dans la boîte, elle en sortit un DVD et une

simple feuille de papier blanc avec un mot sur le devant. Il disait :

Il me semble me rappeler que tu as dit aimer les comédies romantiques. Ce film est chaleureusement recommandé par ma mère. Savoure-le donc avec mes compliments, et ne sois pas surprise quand on sonnera à ta porte. Tu mérites une soirée de détente. N'oublie pas de mettre les fleurs dans l'eau.
- Luke

Aubrey lut le mot en fronçant les sourcils et regarda le boîtier du DVD.

« Une Équipe Hors du Commun, » lut-elle tout haut. Elle haussa les épaules, ne l'ayant jamais vu.

Lorsqu'on sonna à la porte quelques secondes plus tard, elle frôla la crise cardiaque. Elle courut ouvrir, s'attendant à trouver Luke sur le seuil.

« Hé, salut ! » dit un jeune homme qui tenait deux cartons de nourriture à emporter.

« Euh... salut ? dit Aubrey.

— Aubrey, c'est ça ? J'ai une livraison pour vous, dit-il. Vous n'avez pas de bon à signer ni rien.

— Laissez-moi deviner. Un grand brun costaud a commandé ça ? demanda-t-elle.

— J'en sais rien. Je m'occupe juste des livraisons, » dit le type avec un haussement d'épaules.

« Ah, ouais. Bien sûr. Je vais juste chercher mon sac, soupira-t-elle.

— Nan, c'est déjà fait, ça, » dit le type en lui tendant les boîtes jusqu'à ce qu'elle les accepte. « Bonne soirée, Madame. »

Tandis qu'elle fermait la porte, Aubrey remarqua l'arôme incroyable qui émanait des boîtes. Elle les posa sur la table basse du salon, et découvrit en les ouvrant un énorme steak encore chaud, des pommes de terre fumantes, une salade verte bien fraîche et une part de cheese-cake au chocolat. Sans lui laisser le temps de décider ce qu'elle pensait de tout ça, son estomac poussa une plainte sonore et languissante, et Aubrey ne put s'empêcher de rire.

« D'accord, » se dit-elle. Elle prit des couverts, un verre de merlot, et le DVD que Luke avait envoyé. Elle s'installa confortablement, en se rappelant qu'elle pouvait profiter des avantages de son acharnement à obtenir un rendez-vous sans pour autant se laisser emporter.

« Aucun problème, » murmura-t-elle en prenant une bouchée de steak tandis que le film commençait.

7

JEUDI

Aubrey sirotait son second chai de la journée, ayant renoncé au café après avoir passé une autre nuit à se retourner dans tous les sens. Son esprit vagabondait tandis qu'elle parcourait un tas de paperasse en soupirant. Elle avait un sacré déficit à combler ce mois-ci, et comme d'habitude, elle n'avait aucune idée de la manière dont elle allait s'y prendre. Le refuge hébergeait dix familles ou jusqu'à trente-cinq personnes à la fois, et la plupart d'entre elles arrivaient sans un sou en poche ni même suffisamment de vêtements pour une semaine. Bien que le Refuge pour Femmes de Sunnyside eût un vaste réseau de banques alimentaires, de dons de vêtements et autres sponsors, ça ne suffisait jamais à boucler le mois sans problème. Faire en sorte d'harmoniser le tout était l'une des nombreuses tâches d'Aubrey, et ce mois-ci, le compte n'y était pas tout à fait.

Il fallait qu'elle se concentre, à l'évidence. Luke détournait énormément son attention, et elle avait eu la tête ailleurs toute la semaine.

« Toc toc ! »

Aubrey leva les yeux et sourit en voyant sa meilleure

amie et collègue de longue date, Valérie, debout dans l'embrasure de la porte, en train de la jauger du regard.

« Salut, toi. Qu'est-ce qu'il y a ? demanda Aubrey.

— Je pourrais te demander la même chose, » dit Valérie en penchant la tête de côté. « Tu n'aurais pas une nouvelle à annoncer à ta meilleure amie ?

« Euhhh… non ? » dit Aubrey avec un haussement d'épaules.

« Très bien. Alors tu ferais mieux de venir voir ça, dans ce cas, » dit Valérie en se détournant tout en lui faisant signe de la suivre. Valérie la conduisit hors des bureaux et à travers les dortoirs et les chambres familiales, jusqu'à l'arrière du refuge où se trouvaient la cuisine et les zones de maintenance.

Aubrey la suivit, déroutée. Lorsque Valérie la conduisit à la petite buanderie, Aubrey soupira.

« Est-ce que c'est encore une des machines qui fuit ? Je ne peux vraiment pas réparer ça cette semaine, tu le sais, dit-elle à Valérie.

— Nan, c'est pas pour ça qu'on est là, » dit Valérie. Elle tendit la main à l'intérieur et alluma la lumière.

Aubrey resta bouche bée en entrant. Les trois ensembles de machines et sèche-linge bringuebalants des années quatre-vingt, qui fonctionnaient tout juste, avaient disparu. À la place étaient entreposées six unités de lavage et séchage, d'un blanc étincelant et impeccable.

« Qu'est-ce que… » s'émerveilla Aubrey.

— Ouais. Elles sont tellement chouettes et neuves qu'elles vont réduire nos factures d'électricité tous les mois, » dit Valérie en jaugeant à nouveau Aubrey du regard. « À présent, tu as quelque chose à me dire ?

— Non, je… Valérie, d'où est-ce qu'elles viennent ? » demanda Aubrey en levant les mains en l'air.

« Ton nouveau mec les a fait livrer il y a tout juste quelques minutes, et ensuite il a filé.

— Mon nouveau mec, » répéta Aubrey, perplexe.

« Ouais, ce type super canon qui traîne dans le coin, en posant des questions sur toi... insista Valérie.

— Oh mon dieu, » dit Aubrey en plaquant une main sur sa poitrine. « Il n'a pas fait ça ! Comment est-ce qu'il aurait pu savoir qu'on en avait besoin ?

— Il posait des questions sur le refuge l'autre jour, et il se peut que j'aie mentionné le fait qu'on ait besoin de nouvelles machines. J'évitais simplement de lui balancer des infos sur toi, » dit Valérie avec un haussement d'épaules.

« Oh, mon Dieu, » répéta Aubrey en se retournant vers les machines. « Elles ont dû coûter une fortune !

« Ouais, on dirait qu'il n'a pas l'air d'être à plaindre, ton nouveau mec, » dit Valérie, de plus en plus agacée.

« C'est mon rien du tout. Il essaie juste de me convaincre de sortir avec lui un soir, expliqua Aubrey.

— Et tu refuses de le faire parce que... ? demanda Valérie.

— C'est compliqué. Il se peut qu'il me... harcèle un peu, dit Aubrey.

— D'accord. Et tu n'as pas ressenti le besoin de m'en informer ? » demanda Valérie en croisant les bras et en faisant la moue. Elle paraissait inquiète, et Aubrey se sentit un peu honteuse. Luke en faisait peut-être un peu trop, mais il ne lui aurait jamais véritablement fait de mal. Aubrey ne pouvait pas laisser Val se faire une aussi mauvaise opinion de lui, même si elle ne voulait pas qu'il traîne dans les parages.

« C'est juste que, c'est rien. Il n'est pas dangereux ni rien. Seulement... » Aubrey s'interrompit et regarda autour d'elle en secouant la tête. « Il est juste étrangement déterminé. Il a envoyé des fleurs, payé les cafés chics que j'ai apportés toute la semaine, il s'est pointé ici pour me parler. Ce genre de trucs.

— Tu n'as pas vraiment l'air de craindre pour ta vie, » dit Valérie, dont l'expression se radoucit.

« Luke n'est pas comme ça, dit Aubrey.

— Luke, hein ? Alors pourquoi est-ce que tu ne sors pas avec Luke, le mec super canon qui offre de l'électroménager à des refuges pour femmes et fait des choses gentilles pour toi ? Parce que... ? insista Valérie. Ah, oui. C'est compliqué. »

Valérie fit claquer sa langue et secoua la tête.

« Ouais, » acquiesça Aubrey, dont la voix parut faible à ses propres oreilles.

« Très bien. Enfin, j'ai fini pour la journée et je suis en congé demain et samedi. On est toujours partantes pour demain soir ? demanda Valérie.

— Ouais. Ouais, bien sûr, dit Aubrey. Je ne voudrais pas rater ça. »

Valérie lui adressa un dernier regard avant de laisser Aubrey à sa contemplation de l'énorme cadeau que Luke avait fait au refuge. Au bout d'un moment, Aubrey retourna au bureau et prit son téléphone portable. Elle extirpa la carte de Luke de son sac à main, entra le numéro dans son téléphone et tapa un texto à toute vitesse.

Bien essayé. Tu ne peux pas m'acheter, mec. Tu ferais mieux de laisser tomber.

Aubrey jeta son téléphone sur son bureau avec un soupir, et secoua la tête. Cette fois, cependant, elle ne savait pas trop si c'était Luke qui la décevait, ou bien elle-même.

8

VENDREDI

Aubrey aspira par sa paille les dernières gouttes de son cocktail fruité, et pencha son verre pour admirer la manière dont les lumières fluorescentes du bar jouaient sur la surface lisse. Sur scène, l'une de leurs collègues de travail chantait en karaoké un morceau triste de Patsy Cline. Normalement, Aubrey adorait cette chanson, mais à cet instant précis elle était un tout petit peu bourrée et... bon, d'accord. Elle-même se sentait un peu seule.

« Faut revenir parmi nous, ma belle, » dit Valérie en se penchant pour serrer le bras d'Aubrey. « Un type que tu ne t'es même pas donné la peine d'appeler ne t'a pas prêté d'attention non sollicitée pendant une journée, et t'es toute déprimée ?

— Non, non. Ça va, » assura Aubrey à son amie. « Vraiment. Je crois que j'ai seulement eu une longue semaine, et que je n'ai pas assez dormi. Peut-être qu'un autre de ces verres me filera un coup de pouce.

— Prends-en un pour moi tant que t'es au bar, tu veux bien ? demanda Valérie.

— Pas de soucis, » dit Aubrey en se glissant à bas de sa chaise pour se diriger vers le bar.

Une fois les verres en sa possession, elle se détourna et se fraya un chemin jusqu'à sa table alors même qu'un immense éclat de rire s'élevait parmi ses amies. Elle se faufila à coups de coude jusqu'à son siège vide, et manqua de lâcher les verres par terre de surprise.

En face d'elle était assis Luke, vêtu d'un jean noir et d'un T-shirt gris clair qui moulait son corps musclé. Il sourit à cause de quelque chose que disait Valérie, puis gloussa en acceptant une tape dans la main de la part de Nancy. Shawna se pencha vers lui, et les sourcils d'Aubrey firent un bond vers le haut lorsqu'elle s'aperçut que Shawna était carrément en train de renifler l'épaule de Luke.

« C'est quoi, ce délire ? » demanda Aubrey en posant les verres, avant de croiser les bras.

Tout le monde la regarda, mais elle avait déjà commis la grave erreur de croiser le regard de Luke. Ces yeux d'un vert marin et orageux plongèrent, brûlants, en elle, les bords jaunes de ses iris se dilatant visiblement lorsque son regard tomba sur sa bouche. Aubrey frissonna, bien qu'elle n'eût pas du tout froid.

« Aubrey, c'est le mec qui a acheté toute une nouvelle laverie pour le foyer ! » beugla Nancy en donnant à Luke une tape espiègle sur le bras. « Il connaît Valérie.

— Ah bon ? » demanda Aubrey d'un ton de défi.

« Ohh, bien sûr. Je veux dire, on se connaît, » dit Luke d'un ton espiègle.

Alors qu'Aubrey luttait pour trouver les mots qu'il fallait pour lui faire honte, la dernière chanson du karaoké se termina et le DJ se leva avec son micro.

« Aaaaaaaaaaalleeeeeeeeeez, mesdames et messieurs, faites du bruit pour Samantha. Est-ce qu'elle n'a pas été super ? Très bien. Et le suivant, c'est Luke ! Luke, montez ici et chantez-nous une chanson ! » lança l'homme.

Luke bondit de son tabouret de bar et adressa un clin d'œil à Aubrey avant de se détourner et de se diriger vers la scène.

« Euh, salut, » dit Luke dans le micro. « Je n'ai pas l'habitude de faire ça, mais j'aimerais dédier cette chanson à Aubrey Rose. Aubrey, j'espère que ça te fera changer d'avis. »

Les premières notes se firent entendre, et toute sa tablée d'amis poussa des encouragements enthousiastes, en donnant des coups de coude à Aubrey et en lui lançant des regards encourageants.

« Ain't no sunshine when she's gone... » chantait Luke, dont le visage rougissait tandis qu'il regardait le public droit devant lui. « Ain't no sunshine when she's gooooone... »

Le soleil ne brille plus lorsqu'elle n'est pas là.

Aubrey battit des paupières, surprise de découvrir à quel point il avait une jolie voix. Luke se balançait sur place d'avant en arrière, l'air très mal à l'aise, mais il chanta toute la chanson sans regarder les paroles. Lorsqu'il eut terminé, la majeure partie du bar applaudit avec enthousiasme, et certaines femmes allèrent même jusqu'à lui adresser des sifflements admiratifs et à monter sur scène pour le féliciter.

Luke revint vers la table, ignorant ses amies tout à coup silencieuses lorsqu'il fit le tour jusqu'à son siège et s'arrêta droit devant elle. Aubrey pencha la tête en arrière pour le dévisager, en se mordant la lèvre, car elle ne savait pas quoi dire. Luke tendit les mains pour saisir une des siennes, faisant courir une vague chaude d'électricité sur sa peau, qui fit se dresser les poils sur ses bras.

« Aubrey, » dit Luke en se penchant afin que sa bouche ne soit qu'à quelques centimètres de la sienne. Aubrey se tortilla, tout aussi consciente de sa présence que de celle de ses amies curieuses qui les observaient, bouche bée, avec une joie non dissimulée.

« Aubrey, veux-tu sortir avec moi ? » demanda Luke, en lui adressant un sourire intime.

Aubrey se lécha les lèvres, et laissa l'instant durer avant de hocher enfin la tête.

« D'accord, » dit-elle.

Un grand sourire illumina le visage de Luke en entendant cela, et il déposa sur son poignet un rapide baiser qui fit pousser des ooh et des ahh à ses amies.

« Très bien, dit-il. Je te laisse à ta soirée, dans ce cas. »

Il lui adressa un clin d'œil et partit sans ajouter un mot, laissant Aubrey au milieu de toute une bande d'amies surexcitée qui poussaient des caquètements. Malgré son excitation, Aubrey eut le cœur lourd. Cette part triste et profonde d'elle, enfouie trop profondément pour jamais voir le jour, remontait à la surface. Son secret était toujours enfoui, mais pas aussi profondément qu'il aurait dû l'être, loin de là...

9

« J'en sais rien, V, » soupira Aubrey en mettant de côté sa tasse de thé désormais froid. Elle se cala en arrière dans l'étreinte de l'un des fauteuils rembourrés en fausse fourrure du coin petit-déjeuner de son appartement, en posant sur son amie un regard pensif. De l'autre côté de la table, Valérie posa sa propre tasse de thé et fit claquer sa langue.

« Est-ce que tu as la moindre raison de ne pas faire confiance à ce mec, Aubrey ? » demanda Valérie en fronçant les sourcils. « Je ne t'ai jamais vu hésiter autant pour un simple rencard. »

Aubrey lança un coup d'œil à Valérie, ne sachant pas trop comment lui expliquer les choses. Sa meilleure amie était formidable et pleine d'empathie, mais également humaine. Elles avaient beau être des amies très proches, Aubrey n'aurait jamais pu parler à Valérie de ses origines Berserker ni des appariements arrangés que le conseil des Alpha imposait.

« Je n'arrive pas à l'expliquer. Je sais seulement que passer du temps avec ce mec, c'est pas rien. Genre, il cherche un truc super sérieux, » dit Aubrey en haussant les épaules. Ce n'était pas sa véritable raison, bien que ce fût plutôt vrai. Mais même Val ne savait rien des suites de la première rencontre d'Aubrey et Luke, et Aubrey comptait faire en sorte que ça continue comme ça.

« Et tu es prête à te refuser ce grand gaillard simplement parce que tu penses qu'il est du genre à se marier ? Tu dois être aveugle, ou folle. Ou peut-être les deux, » la taquina Valérie en saisissant sa tasse pour boire une gorgée de thé.

Aubrey leva les yeux au ciel, en martelant le bord de la table de ses doigts.

« Je suis très bien comment je suis. Je t'ai, toi, j'ai le refuge, j'ai une vie. Je n'ai besoin de rien de plus. Je n'ai pas besoin d'un homme qui me dise quoi faire, ou comment vivre.

— Ma chérie, ce dont tu as besoin, c'est de t'envoyer en l'air. Et ce mec... tout son grand corps musclé respire le sexe torride. Sors avec lui, laisse-le t'inviter à dîner, et ensuite ramène-le chez toi pour une nuit. Crac-crac, un plaisir simple, » conseilla Valérie en lançant à Aubrey un regard entendu. « À moins que tu n'aies peur qu'une seule nuit te donne envie de plus, hein ? »

Aubrey ne put empêcher ses joues de rougir, mais elle secoua la tête.

« Non. Pas question. J'ai accepté un seul rendez-vous, et je tiens mes promesses. Alors je vais y aller, mais ça s'arrêtera là. »

On sonna à la porte, et Aubrey leva brusquement la tête.

« Tu attends quelqu'un ? » demanda Valérie en suivant Aubrey tandis qu'elle se levait et se dirigeait vers la porte d'entrée.

« Non. Je ne divulgue pas mon adresse, tout comme toi. Ce sont les règles du refuge. »

Aubrey écarta le rideau à côté de la porte, et jeta un coup d'œil dehors.

« C'est quoi, ce délire ? » murmura-t-elle en ouvrant la porte. Un coursier à vélo se tenait là avec, dans les mains, une boîte noire rectangulaire garnie d'un ruban doré. Le colis était énorme, long de quatre-vingt-dix centimètres et large de soixante.

« Aubrey Umbridge ? » demanda le type tout en jonglant avec la boîte tandis qu'il sortait une tablette tactile d'une pochette suspendue à sa ceinture. « Pourriez-vous signer ceci, je vous prie ?

« Euh… d'accord, » dit Aubrey en griffonnant son nom sur les pointillés.

« Super. Voici pour vous, » dit-il en lui fourrant la boîte dans les bras. Au moins, elle était plus légère qu'elle n'en avait l'air. Au dernier instant, il se retourna. « Ah, ouais. Il y a une carte. »

Après avoir fourré une carte blanche entre les doigts d'Aubrey, il sauta sur son vélo et s'en alla.

« Livraison spéciale ? » demanda Valérie avec une curiosité manifeste.

« On dirait, » dit Aubrey en retournant à l'intérieur avant de fermer la porte derrière elles d'un coup de pied. Elle emporta la boîte au coin-repas, la posa sur la table, et regarda la carte.

Dîner. Ce Soir 19 h. Le Tonga Room, 950 Mason St. Porte un de ces trucs, si ça te dit.
— L

« Alors, qu'est-ce que ça dit ? » demanda Valérie, en arrachant pratiquement la carte de la main d'Aubrey. « Ooooh, L ! Oh, mon Dieu, ouvre le paquet ! »

Aubrey inspira profondément et se tourna vers l'élégant coffret noir, dont elle détacha le ruban avec précautions avant de soulever le couvercle. Son regard fut attiré par du papier de soie crème, qui s'ouvrit sous les doigts d'Aubrey pour révéler deux robes éblouissantes. Les deux robes étaient longues jusqu'au sol, et toutes deux étaient plus que ravissantes. L'une était noire, avec un décolleté en forme de cœur et de délicates fleurs couleur bronze cousues de la taille jusqu'en bas. L'autre était rose pâle et très décolletée, avec de minuscules perles dorées cousues au col et à la taille, et...

« T'as vu comme elle est fendue, cette robe ! » glapit Valérie, débordante d'allégresse. « Oh, mon Dieu, oh, mon Dieu ! Aubrey ! »

Valérie se jeta sur Aubrey et l'enveloppa dans une étreinte si enthousiaste qu'Aubrey faillit laisser tomber la boîte par terre.

« Oups, » dit Valérie en reculant. « Désolée, je suis juste trop contente. Et jalouse, trop trop jalouse. »

Aubrey retourna l'ourlet de la première robe, le mettant à l'envers pour trouver l'étiquette. Sa taille exacte était imprimée là, parfaitement lisible.

« Je... » commença-t-elle, puis elle s'interrompit. « Eh, merde. »

Aubrey se laissa tomber sur son fauteuil et enfouit son visage entre ses mains. Elle eut beau essayer, elle ne parvint pas à retenir les larmes qui lui brûlaient les yeux. Son ourse se dressa aussitôt, prête à charger, mais incertaine quant à sa cible.

« Aub ? » demanda Valérie, aussitôt à ses côtés. « Qu'est-ce qui ne va pas, mon chou ? »

Aubrey secoua la tête, l'estomac retourné.

« Il connaît ma taille de vêtements, » marmonna-t-elle en s'essuyant les yeux.

« Ouais, j'imagine, dit Valérie.

— C'est trop intime !

— Oh, chérie. Je ne pense pas qu'il se soucie d'un stupide numéro. C'est lui qui te courtise, tu te rappelles ?

— Ouais, parce qu'il est obligé ! protesta Aubrey.

— Qu'est-ce que tu veux dire ? » demanda Valérie en s'accroupissant et en levant les yeux vers Aubrey.

« J'peux pas... j'peux pas vraiment t'expliquer, » hoqueta Aubrey. « Luke fait partie de la même culture que mes parents, et on nous met la pression à tous les deux pour qu'on se case avec quelqu'un de notre race.

— Votre race ? Quoi, les Anglo-Saxons ? ricana Valérie.

— Les Norrois, en fait.

— Quoi ? » Valérie la regarda d'un drôle d'air.

« Scandinaves, se reprit Aubrey. Écoute, peu importe. J'ai rencontré Luke une fois, il y a des années, et à l'époque ça ne l'intéressait pas de rechercher quelque chose de plus sérieux. À présent, il est probablement sérieux à mort, mais pas pour les bonnes raisons.

— Aubrey, » dit Valérie en tendant la main pour saisir celle d'Aubrey, humide de larmes. « Tu vas juste à un rencard avec ce mec, pas signer ton contrat de mariage. Pression ou pas, peu importe. Il a choisi un restaurant vraiment sympa, il t'a offert deux robes magnifiques, et tout ce que tu as à faire, c'est simplement y aller et dîner. C'est tout simple, ma chérie.

— J'en sais rien, Val... » dit Aubrey, avec l'impression d'être une idiote.

« Je te propose un marché. Si tu as besoin de t'éclipser, tu m'envoies un texto et je viens te chercher. Je pense vraiment que tu devrais y aller. Tu n'as pas eu de vrai rencard depuis...

« D'accord, d'accord, » dit Aubrey en levant une main pour interrompre son amie au milieu de sa phrase. « Mais si je t'appelle en plein milieu du dîner, il faut que tu viennes me chercher. Promets-le-moi.

— Bien sûr que oui. Bon, on peut emporter ces robes dans ta chambre et commencer à choisir les accessoires, maintenant ? J'en peux plus, là, demanda Val.

« Ouais, ouais, » dit Aubrey en se laissant entraîner pour jouer à s'habiller.

10

À 18 h 59 précises, Aubrey se tenait devant les ascenseurs du niveau terrasse de l'Hôtel Fairmont, la gorge serrée. Elle repéra un miroir dans le vestibule et s'en approcha pour examiner une dernière fois son reflet. Elle avait choisi la robe noir et bronze, la plus discrète des deux. Avec ses cheveux rouge sombre entortillés en une masse lâche sur sa nuque, le long trait d'eye-liner noir sur ses paupières, et son rouge à lèvres rouge rubis, Aubrey commençait à trouver son propre reflet irrésistible.

Le miroir lui montra la haute silhouette de Luke qui sortait de l'ascenseur, et Aubrey fit volte-face pour le voir. Il portait un costume noir impeccablement taillé, une chemise bleu pâle, et un gilet de soie noire. Il avait fait raccourcir ses cheveux sur les côtés, et il avait ramené les mèches plus longues en arrière d'une manière qui lui allait à la perfection.

Le plus beau fut la manière dont ses yeux s'illuminèrent lorsqu'il remarqua qu'elle approchait. Les commissures de ses lèvres se soulevèrent, une fossette apparut sur l'une de ses joues, et elle remarqua que ses narines s'étaient dilatées. Il sentait son odeur, même depuis l'autre côté de la pièce.

Sa peau se hérissa de chair de poule, mais Aubrey se contint. Ils ne s'étaient même pas dit bonsoir et elle était déjà hyper-stimulée.

« Luke, » dit-elle en s'arrêtant devant lui, la main tendue. Il haussa un sourcil, mais accepta sa main et la serra dans la sienne, grande et chaude. Son pouce effleura le point de pouls sur son poignet, et elle dut faire un effort pour ne pas retirer vivement sa main.

« Tu es... » Il s'interrompit un instant, tandis que ses yeux balayaient une ou deux fois sa silhouette de la tête aux pieds. « Tu es éblouissante, Aubrey. J'avais un peu peur que tu ne viennes pas. »

Aubrey sourit et haussa une épaule.

« Tu t'es montré très persuasif, » dit-elle en se tournant vers l'entrée du restaurant. « On entre ?

— Bien sûr. J'espère que cet endroit te plaira, » dit Luke, l'air un peu mal à l'aise. « C'est ma mère qui me l'a recommandé.

— En fait, je ne suis jamais venue ici, mais j'ai entendu dire que c'était chouette, » dit Aubrey.

Luke tendit la main et la prit par le coude, ses doigts chauds contre sa peau nue. Il lui fit franchir les grandes portes aux boiseries sombres. À la seconde où elle entra, Aubrey ne sut plus où donner de la tête. Le centre de la salle était en réalité un bassin, quoique vide. Des boxes de bois sombre étaient alignés le long du bassin, assortis de toits de paille, de guirlandes lumineuses et de torches. Tout au fond de la salle à manger, un groupe jouait des airs de samba pleins d'entrain.

« Ouah ! Très tropical, » dit Aubrey, tandis qu'un sourire

lui montait aux lèvres pour la première fois depuis qu'elle était arrivée au Fairmont.

« C'est quelque chose, » renchérit Luke.

Il les annonça auprès de l'hôtesse, et les voilà qui se glissaient bientôt dans l'un des boxes. La serveuse arriva et prit d'abord leurs commandes de boissons. Aubrey commanda un *hurricane,* mais Luke s'en tint à de l'eau pétillante.

« Seulement de l'eau, hein ? » demanda-t-elle, avant de grimacer en réalisant à quel point le ton de sa voix donnait l'impression qu'elle le jugeait.

« Euh, ouais. Je ne bois vraiment pas, ça n'a pas changé. Quand tu m'as vu à la fête, j'essayais simplement de passer le temps jusqu'à la fin de la soirée. C'était une erreur.

« Alors comme ça, c'est ta mère qui a recommandé cet endroit ? » demanda Aubrey, détournant la conversation du sujet de la soirée de rencontres. « Est-ce qu'elle est du coin ? »

— Non, » dit Luke en remuant sur son siège.

Aubrey le regarda et haussa un sourcil. Voyant qu'il ne développait pas, elle décida d'insister un peu. C'était un rencard, bon sang de bois, et ils étaient censés discuter. Tout ça, c'était son idée à lui, et elle ne comptait certainement pas alimenter la conversation toute seule.

« Tu ne causes pas beaucoup, pas vrai ? demanda-t-elle.

Luke vira joliment au rouge, et Aubrey eut presque de la peine pour lui.

« Dis-moi comment ça se fait que ta mère connaisse cet endroit, » insista-t-elle.

Il s'éclaircit la gorge, et sembla rassembler son énergie pour expliquer.

« Je crois qu'elle et mon père ont beaucoup voyagé quand il était dans l'aviation. Quand elle a eu son troisième fils, elle a demandé à mon père de quitter l'armée pour s'installer.

— Ouah, trois fils ! s'exclama Aubrey. Ça fait beaucoup. »
Luke eut un petit rire et secoua la tête.

« Six, en fait, expliqua-t-il.

— Putain, la vache, » dit Aubrey. Elle rougit, et plaqua sa main sur sa bouche. « Désolée. Je jure beaucoup.

— Je me rappelle, » dit-il, et les commissures de ses lèvres s'incurvèrent à nouveau vers le haut. Son regard disait qu'il se rappelait également toutes les autres choses que sa bouche pouvait faire. La chaleur qui monta dans ses yeux fit passer ses joues du rose au rouge flamboyant. Luke la laissa languir encore une seconde avant de poursuivre :

« Six garçons, ouais. M'man dit que c'est pour ça qu'ils ont choisi le Montana pour s'installer. Ça nous faisait beaucoup de place pour galoper.

— Le Montana... Attends, le Chalet, c'était chez toi ? » Aubrey était abasourdie.

« Ouais, c'est la maison de ma famille. On est le clan Beran, » dit Luke. Il y avait un soupçon de fierté dans sa voix, quelque chose qu'Aubrey n'avait jamais ressenti pour son propre clan. Ils étaient très conservateurs et pas spécialement pro-féministes, aussi Aubrey ne perdait-elle pas beaucoup son temps à éprouver quoi que ce fût envers eux. Luke, semblait-il, n'avait pas le même genre de lien avec son clan.

« Le Chalet est magnifique. Je crois que j'ai discuté pendant un moment avec ta mère, elle expliquait l'histoire du coin, » dit Aubrey. Elle but une gorgée de son verre et saisit le menu.

« M'man s'intéresse beaucoup à l'histoire. En particulier l'histoire amérindienne. Elle trouve qu'on y retrouve beaucoup de parallèles avec l'histoire des Berserkers. Le fait d'avoir été chassés de nos terres, d'être une espèce d'élément mythologique surfait, à moitié inventé par l'homme blanc pour raconter des histoires... » Luke agita la main en secouant la tête. « Je ne m'y prends pas bien pour l'expliquer. Il faudra que tu en discutes avec elle. »

Aubrey haussa un sourcil devant la présomption contenue dans ses paroles. Luke lui adressa à nouveau ce demi-sourire, mais ne revint pas dessus.

« Peut-être, » dit Aubrey en secouant la tête. Elle enfouit son visage dans le menu, mais sentit une légère traction quelques instants plus tard lorsque Luke le lui prit des mains.

« Il y a une espèce de formule familiale, » dit-il en ouvrant son menu à plat et en tournant la page. « Il y a un peu de tout dedans. Ça te dit de partager avec moi ? »

« Pâtés impériaux, côtes de porc, haricots du Sichuan, cochon de lait rôti... » lut Aubrey tout haut. « Ça fait beaucoup de nourriture, Luke. »

Pendant un instant d'horreur, elle se demanda si Luke pensait qu'il lui fallait un énorme tas de bouffe à chaque repas.

« Tu m'as déjà vu manger, Aubrey. Je cours quinze kilomètres par jour, cinq ou six fois par semaine. Et puis, je suis un ours. Il me faut beaucoup de calories rien que pour survivre, » plaisanta-t-il.

Mais lorsque Luke lui adressa un sourire tendre et sincère, elle se radoucit légèrement. Il n'avait rien perdu de son charme depuis San Diego, ça, c'était certain.

« Il ne me semble pas me rappeler que tu sois sorti du lit pour aller courir, » dit-elle, surprise par son propre ton aguicheur.

« C'est peut-être dingue, mais je ne suis pas assez stupide pour quitter ton lit, Aubrey. Et puis, je pense qu'on avait fait beaucoup d'exercice ensemble, pas toi ? »

Aubrey rougit à nouveau, et baissa les yeux. Mais elle ne put s'empêcher de sourire. Leur marathon du sexe de deux jours avait été impressionnant.

« Alors, le menu familial ? insista Luke.

— D'accord, » dit-elle. Tandis qu'elle acquiesçait, son estomac gronda d'impatience, et Aubrey se félicita de n'avoir pas insisté pour prendre une salade comme elle le faisait d'ordinaire lors d'un premier rendez-vous. D'un autre côté, ce n'était pas vraiment un premier rendez-vous, pas vrai ?

« Très bien, » dit Luke en interpellant la serveuse d'un geste de la main avant de passer commande pour eux deux.

« Ça va prendre environ trente minutes, est-ce que ça ira ? demanda la serveuse.

— Bien sûr, bien sûr. Pourriez-vous lui resservir la même boisson ? » demanda Luke. La serveuse hocha la tête et fila annoncer leur commande.

Ils restèrent assis en silence pendant trente secondes, Luke regardant Aubrey de la tête aux pieds comme si elle était une sorte de trophée qu'il avait désespérément envie de gagner. Et alors, en un éclair, il changea.

Un homme à la table derrière eux surgit hors de son box en poussant un cri, perdit l'équilibre et fit tomber plusieurs verres de la table. À l'instant où les verres se brisèrent, le corps tout entier de Luke se raidit. Son expression devint sombre et méfiante, et sa bouche forma une ligne cruelle. Il se leva d'un bond et pivota face à l'homme ivre, le souffle court, en manquant de renverser leur propre table au passage. Si Luke avait été sous sa forme d'ours, il aurait montré les dents et sa fourrure aurait été dressée. Un avertissement que quelque chose de dangereux allait se produire.

« Luke ! » dit Aubrey. Voyant qu'il ne réagissait pas, elle

se leva et tendit la main vers lui, effleurant son bras le plus légèrement du monde du bout de ses doigts. « Hé. Hé, Luke. Regarde-moi, d'accord ? »

Luke détourna son attention de l'homme ivre, qui tremblait à présent. Son regard vint se poser sur Aubrey, et elle fut surprise de voir à quel point ses yeux s'étaient assombris. Elle avait déjà vu ça auparavant. À de nombreuses reprises, à vrai dire. Son père était un vétéran du Vietnam, et il avait la même réaction chaque fois qu'une voiture pétaradait.

« Hé, répéta Aubrey. Il n'y a que toi et moi, d'accord ? »

Luke déglutit avec difficulté, et laissa ses épaules s'affaisser légèrement.

« D'accord. Désolé. Je, euh... » Il prit une profonde inspiration et s'assit, l'air gêné.

« Non, ne t'en fais pas. Tu n'as pas à t'excuser, » dit-elle en ramassant sa serviette et en se rasseyant. Tout en entortillant la serviette entre ses doigts, elle s'efforça de trouver la bonne manière de lui poser des questions sur son passé.

« Alors comme ça, tu étais dans l'armée, c'est ça ? dit-elle.

— Ouais, » acquiesça-t-il. La diversion semblait fonctionner, car il se détendait lentement, et se concentrait sur ses paroles. « Pendant presque dix ans, tu sais ?

— Je parie que t'as déjà repéré toutes les portes de cette salle, hein ? T'as déjà une stratégie de sortie ? » demanda-t-elle.

Les lèvres de Luke s'incurvèrent vers le haut, et il lui adressa un lent hochement de tête.

« Par la porte de derrière, à gauche. Elle donne sur un couloir qui mène dehors, sur la Terrasse, dit-il.

— Tu as déjà examiné cet endroit ? demanda-t-elle.

— En fait, je suis arrivé ici avant toi. Je suis allé aux

toilettes qui sont dans ce couloir, et ensuite je suis redescendu au rez-de-chaussée au cas où tu serais là.

— Ah ! Je devais être dans l'autre ascenseur, en train de monter te rejoindre, alors. On s'est croisés comme des inconnus dans la nuit, » plaisanta-t-elle en battant des cils et en lui adressant son sourire le plus charmeur. Aubrey était ravie de voir que Luke paraissait plus détendu, et semblait plus bavard qu'auparavant.

« Comment est-ce que tu savais, pour cette histoire de stratégie de sortie ? » demanda Luke, les yeux rivés sur elle.

« Mon père était dans l'armée. Un militaire, comme toi. Il s'est battu au Vietnam.

— Est-ce qu'il sursaute au moindre petit bruit, lui aussi ? » demanda Luke. Le mépris de lui-même que contenait sa voix n'échappa pas à Aubrey.

« Pas du tout. Ma mère dit que quand Papa est revenu, il lui a simplement fallu un peu de temps pour retrouver ses repères. Il n'y a qu'un ou deux trucs qui provoquent des réactions chez lui, maintenant, et je crois que c'est surtout par habitude. C'est un sale cabochard, dit-elle.

— On dirait que l'armée en produit en masse, » dit Luke. Il marqua une hésitation. « Je suis vraiment désolé pour ce qui s'est passé à l'instant. Je suppose que moi aussi, j'essaie de retrouver mes repères.

— Ne sois pas désolé. J'ai entendu dire que ça aide, si on arrive à identifier les sons et les odeurs qui déclenchent les crises. Est-ce que le bruit du verre qui se casse en est un pour toi ? »

Luke baissa les yeux vers la table, regardant fixement ses mains repliées.

« Ahhh... Le verre qui se brise, tout ce qui est bruyant et grave, même vaguement, les avions, les hélicoptères, les cris d'hommes. En fait, les cris de n'importe qui. Les bips électroniques, comme ceux des bipeurs. On dirait le bruit qu'on entend quelques secondes avant qu'une mine explose. »

Il leva timidement les yeux.

« Je pourrais continuer, admit-il. Ça a l'air dingue, je sais. Mais ça commence déjà à aller mieux. La première semaine après mon retour était bien pire.

— Tu es rentré depuis combien de temps ? » demanda Aubrey, curieuse.

« Seulement un mois.

— Ça fait long, comme permission, dit-elle.

— Non, euh, en fait, j'ai quitté l'armée, dit Luke.

— Oh ! Je n'en avais aucune idée. Je veux dire, je n'aurais pas pu le savoir, j'imagine. » Aubrey se sentit tout à coup gênée. « Désolée. J'ai vraiment une drôle d'impression, là, comme si on se connaissait, comme si on se connaissait depuis des années, mais c'est pas vraiment vrai, hein ? On... vient de se rencontrer, en quelque sorte. »

Luke hocha la tête.

« Je vois exactement ce que tu veux dire. Mais j'ai l'impression de tellement bien te connaître. Peut-être que c'est seulement parce que j'ai passé tout ce temps à penser à toi quand j'étais en opérations extérieures.

— À moi ? » demanda Aubrey, surprise.

« Bah, ouais. Je veux dire, on se sent vraiment seul là-bas, alors tous les mecs passent pas mal de temps à penser aux nanas. Mais je me suis aussi posé beaucoup de questions sur toi. Où tu étais, ce que tu faisais. Pourquoi tu étais partie sans me donner ton numéro. Tu sais, ce genre de choses.

— Ah, » dit Aubrey en se mordant la lèvre.

« Et puis, j'avais besoin de bons souvenirs. Ce week-end qu'on a passé ensemble... Je n'ai jamais rien connu de tel.

— Moi non plus. J'aurais voulu... » Elle s'interrompit.

« Tu aurais voulu quoi ? demanda Luke.

— J'aurais voulu être dans de meilleures dispositions quand c'est arrivé. J'étais vraiment heureuse lors de ce week-end, et c'est tout ce que tu as pu voir. Mais je n'étais pas heureuse dans ma vie à l'époque. Je venais de sortir d'une mauvaise situation, et j'avais besoin d'être seule.

— Alors tu as pris tes jambes à ton cou ? » la défia Luke, bien que son ton restât doux.

Aubrey haussa les épaules, avec l'impression d'être idiote.

« Ouais. Je paniquais, je souffrais, et toi... t'es vraiment un mec bien. Tu méritais quelqu'un de pas bousillé, tu vois ? »

Luke tendit la main pour la poser sur la sienne, et serra les lèvres en une moue.

« J'aurais dû faire davantage d'efforts pour te retrouver, Aubrey. Je pensais tout le temps à toi. »

Aubrey ressentit dans sa poitrine des palpitations de surprise.

« Ah bon ?

— Ouais, bien sûr. Regarde-toi. Putain, t'es incroyable. Comment est-ce que j'aurais pu ne pas penser à toi ? »

Avant qu'Aubrey puisse répondre, plusieurs serveurs arrivèrent avec des plats fumants. Ils chargèrent la table de plats en fonte brûlants, laissant un éventail de choix époustouflant sous les yeux ébahis d'Aubrey.

« La vache, ça a l'air incroyable, tout ça ! » dit Luke avec un enthousiasme évident. Aubrey faillit éclater de rire en le voyant passer à la vitesse de l'éclair d'ému et passionné à affamé et réjoui.

« Très bien, on attaque, alors. » Elle lui passa un plat, et suivit sa propre directive.

11

Aubrey rejeta la tête en arrière et éclata de rire tandis que Luke la faisait tournoyer sur la piste de danse. Après le Tonga Room, Luke l'avait entraînée quelques pâtés de maisons plus loin, dans un club de jazz. Bien qu'elle ne sût pas trop danser ce genre de danse, des couples qui ondulaient s'entassaient sur la piste plongée dans l'obscurité tandis que les lumières lançaient des éclairs et que la musique pulsait sous ses pieds. Aubrey n'était pas du genre à décliner de nouvelles opportunités, aussi avait-elle laissé Luke l'entraîner sur la piste de danse.

Luke prit les commandes dès le premier pas, attirant Aubrey dans ses bras et tout contre son corps. Aubrey ne put réprimer sa réaction ; son ourse s'éveilla avec un grondement, intriguée par la proximité de Luke. Sa proximité n'échappa pas non plus à son corps. Elle se sentit rougir de la tête aux pieds tandis que la chaleur et la force de Luke s'insinuaient dans chaque centimètre qu'il touchait.

Bien qu'il eût manifestement une certaine expérience des pistes de danse, il conserva un rythme lent et guida Aubrey pas à pas jusqu'à ce qu'elle soit plus à l'aise. Bientôt, elle laissa ses pieds faire tout le travail, et se contenta de se détendre et de regarder les gens tout en savourant le fait d'être dans les bras de Luke.

Une fois qu'ils furent un peu dans le bain, Aubrey retira les épingles de ses cheveux et les laissa tomber librement. Rien n'était comparable au regard de Luke lorsqu'il saisit une mèche de ses cheveux et en explora la longueur soyeuse du bout des doigts. Il ne dit rien, mais elle se rappelait à quel point il avait adoré son épaisse chevelure noire lors de leur week-end ensemble. La manière dont il n'arrêtait pas de l'effleurer de ses doigts, de se pencher tout près et d'inhaler son odeur à pleins poumons, lui donna la certitude qu'il ressentait toujours la même chose.

« Qu'est-ce que tu fais, tu philosophes ? » la taquina Luke. Il baissa les yeux, lui adressant ce même doux sourire qui incurvait ses lèvres tandis que ses yeux étincelaient. Il était vraiment en train de la tuer à petit feu, décida Aubrey.

« Non. Je me disais juste que j'étais à l'aise, » dit-elle avec un sourire. La chanson se termina, et se fondit dans la suivante. Aubrey leva les yeux vers Luke tandis qu'il la guidait sur le morceau suivant, en se disant qu'il était fort agréable de pouvoir lui faire confiance pour prendre les choses en main. Aubrey dirigeait toujours tout dans sa vie, et pour une fois, c'était agréable de pouvoir prendre du recul et se laisser aller.

« À l'aise avec quoi ? » demanda Luke, faisant la conversation avec aisance.

« Bah, tu sais. Je pensais que ça risquait d'être gênant, vu qu'on était tous les deux un peu nerveux au dîner. Et je ne sais pas vraiment danser. Mais ça ne l'est pas. On est, en quelque sorte... » Aubrey laissa sa phrase en suspens, s'efforçant de trouver le mot adéquat.

« Bien ensemble ? »

Aubrey eut un petit rire.

« Peut-être. Je ne sais pas si j'irais aussi loin. Je me disais tout à l'heure que j'ai parfois du mal à trouver des gens avec qui sortir. Pas à cause de mon poids, je veux dire... »

Les sourcils de Luke firent un bond vers le haut, et il interrompit sa pensée.

« J'espère bien que non ! » renifla-t-il.

Aubrey leva les yeux au ciel et secoua la tête.

« Il y a plein de mecs qui sont intéressés par les filles plutôt rondes, même si certains d'entre eux sont louches. Genre, des fétichistes et tout ça, » dit-elle en faisant la moue.

« Je suis vraiment ravi que tu n'aies pas manqué de rendez-vous avec d'autres hommes, » dit Luke d'un ton soudain sec.

« Écoute, j'essayais de te faire un compliment avant que tu ne m'interrompes, le réprimanda Aubrey.

— Oh, dans ce cas, ne te gêne pas, » dit Luke avec un sourire.

Aubrey soupira, mais la main de Luke sur sa taille l'attira un poil plus près et elle fut incapable de se dégager.

« Ce que j'essayais de dire, c'est que si j'ai du mal à trouver des mecs, c'est parce que c'est moi qui suis difficile. Je ne veux sortir qu'avec des types plutôt grands et baraqués, des mecs qui me donnent l'impression d'être délicate, » dit-elle en s'adressant une grimace.

« Premièrement, tu es tout à fait délicate. Deuxièmement, ces autres types ne sont pas des mâles Berserkers, du coup ils font pâle figure en comparaison. »

Son audace fit rire Aubrey.

« Ah bon ? Vous autres, les ours, vous êtes juste de grands gaillards divins faits pour être vénérés ? demanda-t-elle.

— Hé là. Je parle juste d'apparence et de taille, là. Et je

pense que ça doit peut-être te dire quelque chose, hein ? » demanda Luke, dont le regard s'assombrit tandis qu'il baissait les yeux vers elle. Il la plaqua contre son corps, pressant sa longue et épaisse érection contre elle à travers ses vêtements, comme si elle avait seulement pu l'oublier.

Aubrey resta bouche bée, mais fut incapable, même au prix de sa vie, de trouver une réponse correcte à ça. Elle avait également les joues en feu, car il était plus proche de la vérité qu'il ne le pensait. Aubrey se rappelait précisément à quel point son sexe était impressionnant, et toutes les manières dont il s'en était servi pour lui faire crier son nom, encore et encore.

« Ouah, je n'arrive pas à croire que je viens d'arriver à prendre le dessus sur toi, dit Luke.

— C'est ça. Ne t'y habitue pas trop, mon pote, rétorqua Aubrey.

— Mmmmm. Eh bien, tu sais à quoi je pourrais m'habituer ? demanda Luke.

— J'ai peur de poser la question, » dit Aubrey, dont le souffle s'interrompit brièvement tandis que son corps effleurait à nouveau celui de Luke.

Luke cessa de bouger au milieu de la piste de danse, une main sur sa taille tandis que l'autre venait soutenir doucement sa tête. Il l'observa attentivement, les yeux semblables à un feu émeraude, l'avertissant de son désir et lui laissant le temps de fuir.

Aubrey le laissa lui pencher la tête en arrière, laissa ses seins s'écraser contre son torse ferme tandis qu'il se penchait en avant. Ses paupières se fermèrent lentement de leur propre chef lorsqu'elle sentit la chaleur de son souffle balayer ses lèvres, et sa langue sortit brièvement pour les humecter. Son cœur battait la chamade dans sa poitrine, la musique pulsait tout autour d'eux, et le corps de Luke contre le sien semblait arrêter le temps.

Le premier effleurement de ses lèvres fut un avant-goût, une question. Luke lui demandait la permission, chose qu'il n'avait jamais faite à l'époque, à San Francisco. Aubrey n'aurait pas pu s'écarter même si elle l'avait voulu ; son corps et son ourse se languissaient de Luke, et son cœur était trop plein de doux papillons pleins d'espoir.

Aussi se dressa-t-elle sur la pointe des pieds, approchant sa bouche des lèvres fermes et chaudes de Luke, ravie du frisson soudain qui traversa le corps de celui-ci. Cela suffit à encourager Luke, dont l'étreinte se resserra sur son corps, ses doigts se glissant dans ses cheveux tandis que sa langue longeait la ligne entre ses lèvres. Ils restèrent suspendus à cet instant, dans une bulle de chaleur et de sécurité, tandis que les lèvres d'Aubrey s'entrouvraient sous les explorations de Luke.

À l'instant où le bout de la langue d'Aubrey toucha celle du jeune homme, une étincelle s'embrasa entre eux. Tout à coup, les mains de Luke furent partout à la fois, parcourant son corps tout comme les mains d'Aubrey parcouraient le sien. Elle passa ses bras autour de son cou, l'attirant à elle. Leurs lèvres et leurs langues dansaient et se donnaient de petits coups, chacune suivant le rythme de l'autre et celui de la musique. Les dents d'Aubrey saisirent et tirèrent sur la lèvre inférieure de Luke, lui arrachant un profond grondement de désir. Elle sentit la vibration émaner de sa poitrine, ce qui la fit frémir. Et fit monter son ourse à la surface, tout comme l'ours de Luke, elle le savait.

Tous deux prenaient de brusques inspirations entre deux baisers et légères morsures, et Aubrey poussa un long gémissement sonore lorsque la chaleur de la bouche de Luke trouva un point sensible sur son cou. Dans un coin de son esprit, elle savait que les gens devaient les regarder, mais elle s'en souciait comme d'une guigne. L'une des mains de Luke se posa sur son sein pendant un instant de supplice avant de se glisser entre ses jambes pour appuyer sur son mont de Vénus.

« Oui, » souffla Aubrey, sachant que Luke parviendrait à l'entendre par-dessus la musique. Elle fondit contre lui, son désir croissant telle une flamme incontrôlable qui menaçait de la brûler vive. Elle avait besoin de lui nu, les muscles tendus, criant tandis qu'elle chevaucherait son membre. Elle avait besoin qu'il la penche en avant, qu'il lui écarte les genoux, et qu'il la baise jusqu'à ce qu'elle ne sache plus son propre nom.

Elle avait besoin de...

Les dents de Luke effleurèrent son cou, la testant, et Aubrey se dressa sur la pointe des pieds. Elle avait besoin de tout ce que Luke avait à lui offrir, de chacune de ces secondes de plaisir torride ; elle le voulait tout de suite, et au diable le public. Son ourse savait ce dont elle avait besoin, et elle avait besoin de la morsure.

Les dents de Luke effleurèrent à nouveau ce point, le point précis où les Berserkers marquaient leurs partenaires, et quelque chose de nouveau, de sombre et d'avide se mit à palpiter à l'intérieur du corps d'Aubrey. Un besoin qu'elle n'avait jamais connu auparavant brûlait là, un désir impossible à contrôler. Lorsque Luke se raidit et s'interrompit, sa bouche quittant son cou, Aubrey poussa un cri et lui martela l'épaule de son poing, incapable de contrôler son manque.

« Aubrey, attends, » dit Luke, dont les grandes mains vinrent emprisonner ses poignets.

Les yeux d'Aubrey s'ouvrirent, et elle le dévisagea pendant un instant interminable, suspendue en équilibre.

Aux prises avec son désir, avec son ourse, elle prit lentement conscience de la situation.

« Merde ! » dit Aubrey en se dégageant de ses mains et en reculant d'un pas.

« Aubrey, je suis vraiment désolé. J'ai laissé les choses devenir incontrôlables. Je ne savais pas que ce serait comme ça, » dit Luke. Aubrey le regarda, le regarda vraiment. Ses pupilles étaient énormes, son corps tremblait, et son souffle était laborieux. Elle l'avait provoqué, poussé trop loin, et désormais il ne tenait plus qu'à un fil. Et pourtant c'était quand même lui qui avait reculé, qui les avait empêchés de faire quelque chose de stupide.

« Ça ne fait rien, » dit-elle enfin en secouant la tête.

« Non, seulement... je ne veux pas te précipiter, » dit Luke en tendant la main vers la sienne. Aubrey évita son contact en secouant la tête.

« Non, je veux dire... il n'y a rien à précipiter. On est juste... tu sais, excités ou je ne sais pas trop quoi, » dit-elle, de plus en plus sur les nerfs.

« Aubrey, c'est plus que ça. Pour moi, du moins.

— Écoute, est-ce qu'on peut y aller ? Il est tard, et j'ai probablement trop bu, » mentit Aubrey.

Luke ouvrit de grands yeux, et elle se sentit aussitôt coupable de lui faire croire qu'il avait profité d'elle.

« Je ne m'en étais pas rendu compte, » articula-t-il, la honte se répandant sur ses traits. « Bien sûr qu'on peut y aller. »

En quelques instants, ils furent dehors dans la rue obscure, l'air frais créant un espace entre eux comme rien d'autre n'aurait pu le faire. Luke héla un taxi, l'air en colère, mais curieusement, Aubrey savait que ce n'était pas dirigé contre elle. Luke était un homme d'honneur, et il pensait honnêtement lui avoir fait du tort. Ça lui donnait l'impression d'être une parfaite garce, mais elle ne savait pas comment retirer ses paroles.

Un gros taxi jaune se gara, et Aubrey monta dedans, en s'efforçant de trouver quoi lui dire. À sa grande surprise, Luke fit le tour jusqu'à l'autre côté et monta auprès d'elle.

« Euh... je suis capable de prendre le taxi toute seule, » dit Aubrey, perplexe.

« Je ne te laisserai pas toute seule, railla Luke.

— Vraiment, je ne suis même pas si pompette que ça. Ça va aller, promit Aubrey.

— Hors de question, » lui dit Luke. Il porta son attention sur le chauffeur et donna l'adresse d'Aubrey de mémoire, la surprenant une fois encore.

Le trajet en taxi fut rapide et silencieux, et les déposa devant l'immeuble d'Aubrey en un temps record. Trop tôt pour que le cerveau embrumé par la luxure d'Aubrey ait eu le temps de tout intégrer et de trouver quelque chose de bien à dire. Lorsque Luke descendit et lui tint la portière de la voiture, Aubrey s'attendit à ce qu'il lui souhaite une bonne nuit et s'en aille.

Au lieu de quoi il la surprit à nouveau en refusant la monnaie qu'elle lui proposait pour la course et en renvoyant le taxi.

« J'arriverai à rentrer chez moi sans problème, » lui promit-elle.

Luke la fit taire d'un regard tandis qu'il payait le chauffeur de taxi, et Aubrey ne put empêcher sa peau de se couvrir de chair de poule tandis qu'il la suivait jusqu'à la porte de son appartement. Sa sombre expression était difficile à interpréter, un mélange d'auto-condamnation, de sens du devoir et de désir pur et dur, d'après ce qu'Aubrey devinait.

« Il faut qu'on parle, Aubrey. Invite-moi à entrer, »

ordonna Luke.

Aubrey prit un instant pour admirer toute sa splendeur virile. Il était si grand et musclé, avec ses superbes cheveux bruns et ces yeux bleu-vert si sexy qui dissimulaient à peine un soupçon de jaune en leur centre. Vêtu de ce costume sur mesure, il était un fantasme incarné, et celui-là, elle ne pouvait pas faire comme si elle ne le désirait pas.

Mais fantasme ou non, tout ça était en train d'arriver pour les mauvaises raisons. Si Luke refusait de mettre un terme à cette histoire carnavalesque de partenaires, Aubrey, elle, n'allait pas se gêner.

« On peut discuter ici, » dit Aubrey, le menton levé en une attitude intentionnelle de défi. Luke plissa les yeux, mais ne la contredit pas. Il était bien trop gentleman pour ça, et bien entendu, il avait également sa propre fierté.

« Je n'avais pas l'intention de précipiter les choses tout à l'heure, » dit Luke. Sa franchise n'aurait pas dû la surprendre, Aubrey le savait ; il avait toujours été direct et honnête avec elle. Cependant, aller droit au cœur d'un problème n'était pas chose aisée, et elle en appréciait l'honnêteté. Elle résolut d'essayer de lui dire ce qu'elle ressentait vraiment en retour.

« Je pourrais t'inviter à entrer, » dit-elle en s'enveloppant de ses bras tout en poussant un profond soupir. « Je pourrais nous servir un peu de vin, et on pourrait discuter une minute, et ensuite on pourrait se déshabiller, ce qui, je crois, nous plairait à tous les deux, là, tout de suite. Je pourrais le faire. »

Les lèvres de Luke frémirent, et elle devina qu'il visualisait la scène tout aussi bien qu'elle. Aubrey rassembla son courage et poursuivit, en s'efforçant de laisser toutes les conneries de côté et de leur épargner à tous les deux quelques désagréments.

« Mais je ne suis pas du genre à avoir des coups de deux soirs, pas comme à San Francisco, » expliqua-t-elle.

Luke parut un instant stupéfait.

« Je n'ai jamais pensé ça de toi, je le jure, dit-il.

— Eh bien, on ne pourrait se tenir ici tous les deux en ce moment même que pour deux raisons, dit Aubrey. La première, pour tirer un coup vite fait. La deuxième, pour céder à cette histoire dingue de partenaires que le Conseil des Alpha a montée. Et, Luke, tu as beau être séduisant, intelligent et drôle, aucune de ces deux options ne me tente. J'aime ma vie, elle me plaît comme elle est. Je ne suis pas à la recherche d'un chevalier servant qui vienne me secourir, tout comme je ne recherche pas de sexe sans sentiments.

— Et ce n'est pas ce que j'attends de toi, » dit Luke, dont les sourcils noirs se froncèrent en une expression maussade.

Aubrey poussa un grognement agacé.

« Écoute. Tu as été clair sur le fait que tu... me désires. Tu m'as traquée et tu m'as collé au train pour avoir un rencard. Tu accomplis ton devoir, tout comme les autres enfants d'ours Alpha. Je le comprends, crois-moi.

— Est-ce que tu es en train de dire que tu as uniquement accepté mon invitation pour accomplir ton devoir ? » fit sèchement Luke. Aubrey put lire la peine dans son expression, et bien qu'elle regrettât de l'y avoir mise, elle savait qu'il fallait qu'elle insiste jusqu'à ce qu'il comprenne.

« Luke, je me suis bien amusée. Mais ça ne m'intéresse pas d'être une case cochée sur une liste. Je ne prendrai pas de partenaire, et je ne te mettrai pas dans mon lit. Va te trouver une autre fille pour remplir ton quota, d'accord ? » rétorqua Aubrey en croisant les bras.

Luke la dévisagea pendant plusieurs longues secondes avant de secouer la tête, incrédule.

« Franchement, Aubrey. J'arrive pas à savoir si ton ego est

énorme ou inexistant. Tu es un vrai mystère à mes yeux.

— C'est ça. Bah tu n'as qu'à aller percer les mystères de quelqu'un d'autre. Toi et moi, c'est terminé, » siffla Aubrey. Bien que son ourse soit au supplice, elle lui tourna le dos pour déverrouiller la porte de son appartement et entra. Lorsqu'elle la claqua, elle regarda par l'œilleton et vit sa silhouette qui s'éloignait tandis qu'il traversait le parking en trombe.

Aubrey ferma les trois verrous, et poussa un profond soupir.

« Ça, c'est ce qui s'appelle être douée avec les gens, Mademoiselle Umbridge, » murmura-t-elle pour elle-même. Elle regarda la pendule sur le mur du vestibule et vit qu'il n'était que 22 h 30, il lui restait donc un peu de temps avant de devoir aller au lit. Elle avait besoin de penser à autre chose.

« Et en récompense... un verre de vin, » dit-elle tout haut.

Aubrey enfila un pantalon de pyjama en flanelle souple et un débardeur blanc et doux, puis se servit un grand verre de merlot et un grand verre d'eau glacée. Elle s'installa sur le canapé et renversa la tête en arrière avec un grognement, tandis qu'elle se rejouait les événements de la soirée. Son ourse se sentait seule et anxieuse, et son corps était toujours hyper-tendu suite au contact de Luke.

Venait-elle de commettre une énorme erreur ?

En fermant les yeux, Aubrey décida qu'elle ne pouvait pas se préoccuper de ça maintenant, car il n'y avait pas d'autre résultat possible. Luke était formidable, mais il y avait des choses qu'elle ne pouvait tout simplement pas lui dire. Elle avait accepté un rendez-vous pour lui faire plaisir, et elle avait tenu parole. Désormais, il fallait qu'elle se remette à vivre sa propre vie. Après seulement quelques gorgées de vin, elle se laissa dériver vers le sommeil.

12

Lorsque Luke entendit approcher les bruit de pas d'Aubrey, il poussa un soupir de soulagement. Il ne bougea pas, assis sur son paillasson, et attendit qu'elle apparaisse. Il avait envie de se lever et de bouger, de se dégourdir les jambes, mais il ne voulait pas lui faire peur sans raison. Elle ne le vit pas tout de suite, et il eut presque tout un moment pour l'admirer simplement de loin.

Aubrey portait une simple robe noire qui lui arrivait aux genoux et un cardigan blanc. Ses longs cheveux étaient entortillés en une tresse élégante enroulée tout autour de sa tête, et les doigts de Luke le démangeaient d'envie de la dénouer pour pouvoir se glisser dans ces douces mèches. Elle marchait les yeux baissés, l'air solennel, mais ça n'enlevait absolument rien à sa beauté.

Lorsqu'elle ne fut qu'à une vingtaine de mètres, elle le vit enfin et s'arrêta net.

« Bordel de D... ! » hurla Aubrey en manquant de faire tomber les sacs de courses en papier marron qu'elle portait dans ses bras.

Luke grimaça et leva la main pour lui adresser un salut maladroit.

« Désolé. Salut, dit-il.

— Qu'est-ce que tu fais ici ? » demanda Aubrey en fronçant les sourcils. Ce n'était pas l'expression de plaisir qu'il avait espérée, franchement.

« Je t'attendais, » dit-il en haussant les épaules.

« Depuis combien de temps ? demanda-t-elle.

— Euh... » Luke consulta sa montre. « Trois heures. »

Aubrey le dévisagea longuement puis poussa un soupir.

« Tu ferais mieux d'entrer, j'imagine, » dit-elle en le poussant de côté pour déverrouiller la porte. À la vitesse de l'éclair, Luke fut debout et lui prit les sacs de course des mains, en s'efforçant de ne pas se mettre dans ses pattes tandis qu'elle le faisait entrer chez elle.

« C'est sympa, chez toi, » dit Luke en regardant autour de lui dans son appartement. Tout était en bois clair et tons pastel, ce qui donnait à l'appartement un côté maison de plage. Ce n'était pas ce qu'il aurait imaginé pour Aubrey, mais c'était propre, clair et apaisant.

« Merci, » dit Aubrey d'une voix atone.

Luke la suivit et posa les courses sur le plan de travail. Il la regarda se déplacer dans la cuisine et tout ranger, en attendant patiemment qu'elle ait fini. Lorsqu'elle eut terminé, elle se retourna vers lui avec l'air d'attendre quelque chose.

« Asseyons-nous, » dit-il en désignant le salon d'un geste. Il se dirigea vers le canapé sans attendre de voir si elle allait le suivre ; étrangement, il savait qu'elle le ferait. Aubrey n'aimait pas qu'on lui donne des ordres, mais elle était trop curieuse pour s'en aller. Il s'assit sur le canapé et attendit.

« Très bien. Tu es ici, tu as mon attention, » dit Aubrey en penchant la tête de côté tandis qu'elle s'asseyait à l'autre bout du canapé. Ses mains vinrent se poser au creux de ses genoux, ramassant le coton fin de sa robe noire. Il devinait qu'elle était plus anxieuse qu'elle ne le laissait paraître, il le sentait sur elle. Il y avait également là-dessous une note de désir, mais Luke l'ignora pour l'instant.

« Tu sais que je ne parle... pas beaucoup, » commença Luke. Aubrey haussa les sourcils, comme pour dire : sans blague. « J'ai toujours été plutôt réservé, même avec ma famille. Mes frères me taquinaient, ils disaient qu'il ne se passait rien dans ma tête. Rien qui vaille le coup d'en parler, tu vois le genre ?

— Je n'ai jamais pensé ça, » dit Aubrey, l'air surpris.

« Ouais, c'est débile. C'est juste une vieille blague. Mais c'est vrai que j'aime bien écouter, et que je ne partage pas grand-chose avec les gens. Surtout après certains des trucs que j'ai vus dans l'armée, c'est un peu dur de se sentir proche de la plupart des gens. Ils parlent de base-ball, et ma tête est remplie de... » Luke s'interrompit, en dessinant un cercle dans l'air à côté de sa tête tandis qu'il réfléchissait à la formulation adéquate. « De la guerre, j'imagine. Je ne sais pas parler de tout et de rien, je n'ai jamais su. Entre le fait d'être un Berserker et le fait d'être militaire, je n'ai rien en commun avec qui que ce soit. C'est plus facile de les écouter parler de leurs passe-temps et de leurs opinions que de leur raconter des histoires à propos de certains trucs que j'ai vus.

— Ça ne fait rien, Luke. Tu n'as pas à t'expliquer, » dit Aubrey en s'approchant un peu pour poser sa main sur son genou. Ce geste lui réchauffa le cœur, mais il savait qu'il devait se concentrer. Il fallait qu'il finisse de lui expliquer les choses, qu'il lui dise ce qu'il ressentait, pour une fois, au lieu de tout contenir en lui.

« Quand tu me parles, j'écoute parce que ça m'intéresse. Tu travailles au refuge, ce que je trouve formidable. Tu as parlé de ta famille, et je me reconnais indiscutablement là-dedans. Tu parles de gens que tu connais, et des raisons pour lesquelles leurs histoires sont intéressantes, et je vois bien que toi aussi, tu aimes écouter. »

Aubrey parut pensive, mais elle se contenta de hocher la tête. Ce qui prouva ses dires.

« Je connais ton nom et la ville où tu vis depuis le jour où tu as quitté San Diego, » dit-il, changeant de tactique.

« Tu... Attends, c'est vrai ? » demanda-t-elle, l'air stupéfait.

« Ouais. Je l'ai eu à la réception. Je savais qui tu étais et où tu étais, et j'avais l'intention de venir te retrouver à la seconde où mes pieds toucheraient à nouveau le sol américain, admit-il.

— Mais ça remonte à des années, contesta Aubrey.

— Je sais. Si je te raconte ça, c'est parce que je ne veux pas que tu penses que je ne suis venu à ta recherche qu'après t'avoir vue à cette soirée au Chalet. Je ne veux pas non plus que tu penses que je suis uniquement venu ici à cause d'un foutu décret du Conseil des Alpha. Alors je veux te dire pourquoi je ne suis pas venu à ta recherche plus tôt. »

Luke retourna sa main, saisit les doigts d'Aubrey et les entremêla aux siens. Elle ne répondit pas, mais lui adressa en revanche un doux sourire d'encouragement.

« Je ne peux pas te donner trop de détails, mais il est arrivé un très sale truc juste après que j'ai quitté San Diego, commença Luke. Beaucoup de gens ont été tués, vraiment juste sous mon nez. Et ce n'était pas seulement l'ennemi qui nous attaquait, en plus. J'ai fait beaucoup de choses que je regrette, même si c'était mon boulot et que je suivais des ordres. Même si en ne les faisant pas je me serais probablement fait tuer, je me sens toujours dégueulasse de les avoir faites. »

Aubrey serra ses doigts entre les siens, des larmes étincelant dans ses yeux tandis qu'elle écoutait son histoire. L'estomac retourné, Luke se demanda si le fait de lui raconter tout ça l'aurait fait fuir. Si elle avait eu la moindre idée de ce qu'il avait fait en réalité, de la manière dont il avait tué tant de gens. Cette idée lui glaça le sang, et lui donna la nausée.

L'esprit de Luke le ramena au camp en Jordanie. Il entendit le bruit des pas du tireur, vit l'éclat d'une arme. Il s'était aplati sur le sol avant même d'avoir eu conscience de ses propres mouvements, le souffle bloqué dans la gorge tandis que les bottes du gamin grinçaient sur le parquet couvert de sable du dortoir. Il revit les visages surpris de son unité tandis qu'ils se tournaient face à la mort. Puis le pistolet s'était retrouvé dans la main de Luke, la balle s'était envolée loin de lui, et voilà que la cervelle du petit était étalée partout. Un tir parfait en pleine tête, ce que l'unité appelait le « Spécial Beran ». Sa technique très, très spéciale...

« Luke ! Hé, Luke ! » disait Aubrey en le tirant par la main.

Luke baissa les yeux, le tourment faisant rage dans sa poitrine, et il comprit quelque chose.

« Pas étonnant que tu ne puisses pas m'aimer. Je suis un putain de tueur, » dit-il en se levant du canapé. Il fallait qu'il parte de chez Aubrey. Qu'il file en voiture vers le soleil couchant et ne revienne jamais.

« ASSIS. TOUT DE SUITE. »

Luke se figea. Il se retourna vers Aubrey, et la trouva bouillonnante de colère. Il avait du mal à croire que cette voix autoritaire était sortie de sa petite Aubrey. Sa poitrine se soulevait et s'abaissait rapidement, elle avait les poings serrés, et son expression suffit à le glacer.

« Je t'ai dit de t'asseoir, bordel. Tu ne quitteras pas cette maison tout de suite, » ordonna-t-elle. Elle s'assit, et le dévisagea d'un air de défi jusqu'à ce qu'il imite son geste. Il n'était pas du genre à se laisser marcher sur les pieds par qui que ce soit, à présent qu'il avait quitté l'armée, mais l'expression du visage d'Aubrey indiquait qu'elle n'avait pas peur de se transformer et d'essayer de l'affronter. S'ils en venaient aux mains, Aubrey pourrait être blessée, et c'était inacceptable.

« Tu as fini de parler, à présent ? » demanda Aubrey. Luke voyait bien qu'elle tenait étroitement son ourse sous contrôle, alors même qu'il luttait pour faire de même.

« Ouais, dit-il.

— Tant mieux. Je veux entendre ton histoire. Pas tout de suite, mais bientôt. Je veux l'entendre d'un bout à l'autre, parce qu'il est clair que tu as besoin de la raconter, dit-elle.

— La moitié est classée secret Défense, » fit sèchement Luke.

« J'en ai rien à foutre. Si tu es ici, soi-disant en train de me faire la cour pour que je devienne ta partenaire, je mérite de l'entendre en entier. Et ce n'est pas parce que je suis dégoûtée, ou parce que je pense que tu es quelqu'un de mauvais, mais parce que c'est ce que font les partenaires.

— Aubrey...

— Pas de protestations. Je ne peux pas t'en vouloir de ne pas être venu me courir après, surtout après la manière dont je suis partie, mais je peux carrément me mettre en colère si tu ne te sers pas de ton don récemment découvert pour la parole pour me raconter toute ton histoire. »

Luke hésita, l'estomac toujours aussi lourd que du plomb, mais au bout d'une minute, il acquiesça d'un hochement de tête.

« Très bien. Si c'est ce que tu veux vraiment, Aubrey. Mais si on en est à tout se raconter, je veux savoir pourquoi tu étais si triste quand je t'ai rencontrée pour la première fois. Pourquoi tu as passé le week-end le plus incroyable de ta vie avec moi, pour ensuite me planter là sans un mot. Il y a une histoire derrière ça aussi. »

Aubrey prit une profonde inspiration, et ouvrit de grands yeux.

« Est-ce qu'il faut que je te répète toutes les choses que tu viens de me balancer ? » demanda Luke.

Un éclair de colère traversa son visage pendant un instant, chassé par la résignation.

« Très bien. Ce n'est que justice. Tu me racontes ton pire moment, et je te raconterai pourquoi j'étais debout dans ce bar à San Diego, en train d'essayer de ne pas pleurer. »

Le cœur de Luke se serra devant la manière dont elle baissa les yeux, lui montrant sa honte.

« Hé, » dit-il en tendant la main pour lui relever le menton. « On n'est pas obligés de continuer de parler de tout ça ce soir. D'accord ?

— D'accord, » dit Aubrey en soufflant. « Pas ce soir. »

Luke l'attira dans ses bras, inspirant profondément son parfum unique et savourant la douce chaleur de son corps contre le sien. Curieusement, le fait de la tenir ainsi contre lui, en essayant de chasser sa souffrance d'une caresse innocente, était presque plus difficile qu'admettre devant la femme qu'il aimait qu'il était un tueur.

Luke baissa les yeux vers elle, et son regard tomba sur ses lèvres. Avant même d'avoir pu se rendre compte de ce qu'il faisait, sa bouche était sur la sienne. Cette fois, ses lèvres s'ouvrirent aussitôt sous les siennes, lui accordant l'accès. Il prit une brusque inspiration en sentant la douce saveur bien distincte de ses lèvres, un délice de miel rapidement imprimé sur ses sens. Il saisit sa mâchoire d'une de ses grandes mains tandis qu'il faisait glisser l'autre le long de son épaule pour venir saisir fermement la rondeur de sa hanche.

Lorsque Aubrey se pencha en avant pour serrer son corps plus fort contre le sien, le côté animal de Luke prit le dessus. Il la saisit par les hanches et la souleva pour l'installer sur ses genoux. Le léger soupir de surprise qui lui échappa l'excita comme aucun autre. Il sentit son corps durcir, ses muscles se tendre tandis que son sexe se dressait au garde-à-vous.

La douce sensation de son poids sur ses genoux lui donna envie de gémir tout haut. Il chercha à nouveau sa bouche, sa langue titillant et goûtant tandis qu'il faisait descendre sa main pour explorer la volupté de ses fesses. Elle était si douce et chaude sous ses caresses, comme si elle était faite pour son plaisir.

Aubrey s'écarta un instant, l'air manifestement incertain.

« Luke, je ne sais pas trop si c'est une bonne idée de faire ça, » dit-elle, le souffle un peu court. Il avait tout autant envie de la rassurer que de la prendre, aussi se décida-t-il en faveur d'un compromis.

« Je vais rester habillé, dit-il. Laisse-moi te donner du plaisir, sans conséquence.

— Luke... tu en es sûr ? » demanda Aubrey. L'excitation dans sa voix, l'avidité dans ses yeux... tout ça allait le tuer.

Luke la repoussa sur le canapé, en l'embrassant lentement et profondément avant de lui retirer son cardigan et sa robe. Dessous, elle portait un soutien-gorge de dentelle noire et une culotte rouge sexy qui fit tressaillir son sexe de désir tandis qu'il s'agenouillait devant elle. Tout comme elle l'avait fait la première fois qu'il l'avait déshabillée, elle rougit et essaya de se couvrir. Luke n'entendait pas tolérer ça, et saisit ses mains pour les repousser derrière sa tête.

« Ne les bouge pas, » dit-il en serrant ses mains dans les siennes avant de les lâcher.

Aubrey se mordit la lèvre et hocha la tête, les yeux assombris par le désir. Luke posa une main sur chacun de ses genoux, et fit glisser ses caresses jusqu'en haut de ses cuisses. Il sentit Aubrey frémir tandis qu'elle le regardait, les muscles fins de ses jambes frémissant et se contractant sous l'effet de l'anticipation. Luke la saisit par les hanches, et lui écarta les jambes tandis qu'il l'attirait vers le bord du canapé. L'odeur de son désir inonda ses sens tandis qu'il plaquait son entrejambe brûlant tout contre son corps. Il donna un coup de reins en avant, une seule fois, frottant son érection contre elle pour lui rappeler sa taille et toutes les choses merveilleuses qu'il pourrait lui faire.

Aubrey haleta et se tortilla. Elle déplaça ses mains, mais un grondement grave de Luke les remit aussitôt en place. Luke était peut-être perdu dans le quotidien de la vie civile, mais dans la chambre à coucher et sur le champ de bataille, il était dans son élément, les deux seuls endroits où l'Alpha en lui était vraiment libre. Il ne comptait pas non plus laisser Aubrey l'oublier.

Portant ses mains à ses épaules, Luke fit glisser les bretelles de satin noir de son soutien-gorge. Il effleura de baisers papillon le haut de ses seins tandis qu'il faisait descendre les bonnets de son soutien-gorge de plus en plus bas jusqu'à ce qu'elle lui fût dévoilée.

« Bon sang, tes seins… » s'émerveilla-t-il en les soulevant dans sa main. Ils étaient plus que généreux, chacun dépassant de loin ce qu'il pouvait tenir dans une main. Des orbes pâles, parfaitement ronds, surmontés de généreux mamelons veloutés. Il se pencha en avant et effleura de son nez la courbe d'un de ses seins, déposant des baisers et de légers coups de dents tandis qu'il se déplaçait vers l'intérieur en direction d'un mamelon durci.

Aubrey poussa un cri et enfouit ses doigts dans ses cheveux tandis qu'il refermait sa bouche sur sa chair sensible. Il fit rouler sa langue dessus et autour, titillant le bout de sa langue et de ses dents jusqu'à ce qu'elle se mette à haleter et à donner des coups de bassin contre son érection, le rendant fou. Il la mordilla avec douceur, la faisant arquer le dos de surprise et de plaisir. Tout en pressant son sein dans sa main, il reporta ses attentions sur l'autre. Léchant, titillant, effleurant de ses doigts la partie la plus sensible, il fut récompensé lorsqu'elle le supplia de continuer.

« Luke, je t'en prie ! » souffla Aubrey. Il recula et se lécha les lèvres, en savourant la manière dont ses yeux suivirent le mouvement de sa langue.

« Je t'en prie, quoi ? » demanda-t-il en soupesant ses seins dans ses mains, et en effleurant ses mamelons de ses pouces.

« J'ai besoin... » commença-t-elle. Sans lui laisser le temps de finir, Luke glissa le bout de ses doigts dans l'élastique de sa culotte et la tira vers le bas. Aubrey poussa un soupir et souleva son corps, l'aidant à la déshabiller. Luke leva brièvement les yeux vers Aubrey et remarqua qu'elle rougissait, malgré toute son excitation.

« Regarde-toi, gronda-t-il. Putain, tu m'excites tellement, Aubrey. Ton corps est si parfait. J'ai hâte de te goûter. »

Il recula et se pencha en avant, lui écartant largement les jambes. Sa fente nue et rose étincelait d'excitation, et Luke ne put résister à l'envie de la goûter. Il écarta ses lèvres de deux doigts, se servant du bout de sa langue pour tracer une ligne brûlante du creux de son corps jusqu'à son clitoris. Aubrey se contracta sous lui, et prit une brusque inspiration.

Luke referma ses lèvres sur le tendre bouton, suçant et faisant tournoyer sa langue sur son point le plus sensible jusqu'à ce qu'elle pousse un cri.

« Luke, Luke... » gémit Aubrey.

Luke glissa un seul doigt épais dans son entrejambe chaud et étroit et faillit jouir lui-même lorsque ses parois intérieures se contractèrent autour de lui. Il se retira et glissa deux doigts à l'intérieur, léchant et suçant son clitoris tandis qu'il fourrait ses doigts dans son passage, encore et encore. Lorsqu'il la sentit se crisper à nouveau, tandis que son orgasme approchait, il ajouta un troisième doigt et la pénétra sans relâche, suçant chaque goutte de son doux nectar tandis qu'il la poussait vers ses limites.

Aubrey était suspendue au bord du précipice, ses cris de plus en plus désespérés. Luke rectifia sa position sans cesser son ouvrage, se servant de sa main libre pour explorer. Il fit glisser un doigt humide de son jus au-delà de son entrejambe étroit et plein, et le fit remonter jusqu'à ce qu'il fasse le tour du cercle étroit de son anus. Il donnait de petits coups de langue légers sur son clitoris tout en décrivant des cercles le long du bord, envahissant à peine sa chair sensible du bout de son doigt.

Aubrey poussa un cri tandis que son orgasme s'emparait d'elle dans un sursaut soudain, contractant ses muscles tandis qu'elle donnait des coups de reins contre la bouche et les doigts de Luke. Il continua de sucer et de faire aller et venir ses doigts jusqu'à ce qu'elle gémisse et repousse sa tête. Ce ne fut qu'alors qu'il se leva, en s'essuyant les lèvres tandis qu'il venait s'asseoir à côté d'elle. Luke attira la silhouette amorphe dans ses bras, et s'allongea sur le canapé tandis qu'elle s'efforçait de reprendre son souffle.

Tandis qu'il la serrait contre elle, il l'embrassa sur le

sommet du crâne, inhalant son odeur et sentant son cœur battre frénétiquement contre sa poitrine. Une fois qu'elle se fut calmée, ils restèrent allongés ensemble un long moment sans parler ni bouger. Enfin, Luke sut qu'il devait partir. Il ne voulait pas précipiter Aubrey à faire quoi que ce fût, ou exiger qu'elle change de vie pour lui. Pas encore, tant qu'elle ne saurait pas que c'était ce que son propre cœur désirait. Il ne pouvait pas rester pour la nuit ce soir-là, et il fallait qu'il dise à Aubrey tout ce qu'il avait prévu de faire pour le restant de la semaine.

« Aubrey, je m'en vais dans une minute, dit Luke.

— Tu n'es pas obligée de partir, » dit-elle, mais elle sentit son corps se crisper contre le sien. Elle était prête à se protéger, prête à ce qu'il la pousse trop loin.

« En fait, si. Il faut que je mette certaines choses en ordre. J'ai un entretien d'embauche à Portland vendredi, donc il faut que je rentre jeudi soir. Juste pour être sûr, lui dit-il. Comme les scouts. J'aime bien être prêt. »

Aubrey renifla, mais il voyait bien à son expression que cette annonce l'agaçait.

« Très bien. Alors... ça y est, c'est fini, hein ? » demanda-t-elle. Son ton était désinvolte, mais son corps était encore plus tendu qu'avant.

« Euh, non. Il faut que je m'en aille pour un jour ou deux, mais je reviens aussitôt. Et en plus, je ne pars que dans trois jours. J'aimerais te revoir demain ou mercredi, si possible. » Il avait passé son emploi du temps en revue dans sa tête une douzaine de fois, pour essayer de déterminer à combien de reprises il pourrait la voir avant que son avion ne décolle.

Aubrey garda le silence. Comme d'habitude, ce n'était pas l'enthousiasme sans limites qu'il souhaitait de sa part, mais au moins elle ne l'avait pas encore jeté dehors. Au moins, elle se tenait tranquille, et laissait Luke la serrer dans ses bras.

« Tu cherches du boulot à Portland, » dit-elle enfin. Une déclaration, et non une question.

« Ouais. C'était prévu depuis des semaines. C'est un super poste, en réalité. Un truc qui pourrait vraiment me plaire, et pour lequel je pourrais être doué. »

Aubrey lui adressa un regard étrange qu'il ne parvint pas à déchiffrer, puis elle carra les épaules.

« Il faut que je te pose une question, » dit-elle. L'expression de son visage le fit grimacer, car il devina qu'elle était en train d'entrer en mode combat.

« D'accord, vas-y, » dit-il en inspirant profondément pour se calmer.

« Le décret du Conseil des Alpha selon lequel on doit tous prendre un partenaire… Quel poids il a eu dans ta décision de venir me retrouver ? » demanda-t-elle.

Son ton était dur, comme si elle l'avait déjà pris en défaut et ne voulait pas entendre ses excuses. Luke battit des paupières, légèrement abasourdi bien que sa question ne fût pas déraisonnable ni même inattendue.

« Eh bien… D'une certaine manière, beaucoup. D'une certaine manière, pas du tout, » répondit-il.

Aubrey croisa les doigts, et sa bouche se pinça en une moue.

« C'est ça. J'ai pigé, dit-elle.

— Pour être franc, j'avais toujours supposé que tu avais un partenaire. Je comptais te rechercher de toute façon, par curiosité, mais je n'étais pas pressé. Quand mes parents m'ont annoncé cette histoire d'appariement, tu m'es aussitôt venue à l'esprit. Et ensuite je t'ai vue à la soirée, et j'ai su que tu étais toujours disponible… » dit-il.

Luke s'éclaircit la gorge et remua sur son siège, mal à

l'aise à l'idée d'expliquer ses motivations et son cheminement de pensée. Il était loin d'y arriver, en plus. Il avait été obsédé par elle, avait pensé à la retrouver, et avait été aux anges en apprenant qu'elle n'avait pas pris de partenaire.

« D'accord. Eh bien, merci pour ta franchise, » dit-elle.

Aubrey se dégagea de son étreinte et saisit sa robe, puis l'enfila par-dessus sa tête pour se couvrir. Luke se leva, conscient d'être fichu dehors comme un malpropre.

« Est-ce que je pourrai te voir avant de partir ? demanda Luke.

— Je ne suis pas... » Aubrey s'interrompit, en poussant un soupir agacé. « Laisse-moi y réfléchir.

— D'accord. Si c'est non, tiens-moi au courant. Je peux attendre jusqu'à mon retour, c'est juste que je n'en ai pas envie, » dit-il.

Aubrey lui lança de nouveau un de ces étranges regards indéchiffrables.

« Bonne nuit, Luke, » soupira-t-elle.

Luke se pencha en avant et lui déposa un dernier baiser sur les lèvres, puis sortit.

« Ferme la porte à clé derrière moi, d'accord ? » demanda-t-il.

Aubrey lui lança un regard mauvais, mais le suivit.

« À plus... » dit-il sur son paillasson avant de se faire claquer la porte au nez.

Tout en s'éloignant, il siffla faiblement.

« Eh merde, se dit-il. Ça ne s'est pas bien terminé. »

Luke continua d'avancer vers sa voiture, refusant de céder et de retourner en courant jusqu'à la porte pour la deuxième fois. Il avait sa fierté, après tout. Tout en secouant la tête et en maudissant la manière dont Aubrey l'avait fait repartir la bite sous le bras, il retourna à son hôtel.

13

Aubrey fit tournoyer la dernière gorgée de son cocktail dans son verre, en contemplant tous ces gens superbes qui remplissaient à craquer le Wilson & Wilson, son bar chic préféré. Même si Aubrey savait que son amie voulait simplement les derniers potins au sujet de sa relation avec Luke, lorsque Val l'avait invitée à sortir prendre un verre, elle n'avait pas pu résister. Un cocktail au champagne et une discussion entre filles lui avaient semblé être pile ce qu'il lui fallait pour se débarrasser de son cafard.

Elles s'étaient donc mises sur leur trente-et-un et étaient venues au centre-ville juste après le boulot, assez tôt pour avoir une bonne table dans ce bar fréquenté. Trois verres plus tard, Val poussait Aubrey à lui donner des détails sur son rencard avec Luke.

« C'est tout ? Vous avez fricoté, mais vous n'êtes pas allés jusqu'au bout, et ensuite tu l'as fichu dehors ? » dit Val, incrédule. « T'aurais dû te le faire, ma belle. Il est trooooop canon.

— Ouais, bon sang, c'est vrai qu'il l'est, soupira Aubrey.

Mais je te l'ai dit, je n'arrive pas à savoir ce qu'il a derrière la tête.

— Luke m'a l'air d'être un mec plutôt bien, » dit Val en haussant les épaules.

« Ils ont tous l'air bien, au début. Et avec Luke... Je n'arrive pas vraiment à l'expliquer, mais je crois qu'il s'intéresse seulement à moi parce que sa famille veut qu'il se case, et que je... remplis ses critères, en quelque sorte. Pas très romantique. » Aubrey fit une grimace.

« Ouais, mais est-ce qu'il ne pourrait pas sortir avec pratiquement n'importe qui ? D'après tout ce que tu m'as dit, c'est plutôt une prise de choix, ce mec.

— Je te l'ai dit, on est issus de la même culture, dit Aubrey.

— Ah, ouais. Les Norrois machin-chose, » dit Val en levant les yeux au ciel. « C'est plutôt naze, comme lien, si tu veux mon avis.

— C'est vraiment important pour nos familles.

— Mais pas pour toi, on dirait, nota Val.

— Non, pas pour moi. Mon père m'a promis il y a des années que je n'aurais pas à subir toutes ces conneries.

— Est-ce que c'était... » Val hésita. « Est-ce que ça a quelque chose à voir avec ce long congé que tu as pris il y a quelques années ? »

Aubrey leva brusquement les yeux vers le visage de son amie. Elle avait pris un congé de trois mois, en prétendant qu'elle partait à l'étranger pour se ressourcer. En réalité, elle avait simplement été incapable de faire face à sa vie quotidienne après que ses fiançailles avec Lawrence avaient dérapé. Valérie et elle n'étaient pas aussi proches à l'époque, aussi Aubrey fut-elle surprise que Val ait deviné que ses "vacances" étaient liées aux exigences de sa famille de fous.

« Ah. Euh, ouais, » dit Aubrey, ne voulant pas se lancer

dans le récit complet.

« Je me disais bien que ton absence avait quelque chose à voir avec un mec. Entre toi et ce type, Lance, ça devenait plutôt sérieux...

— Lawrence, » rectifia machinalement Aubrey. Alors même que ce mot sortait de sa bouche, elle se demanda pourquoi elle en avait seulement quelque chose à faire.

« Ouais. Enfin, vous étiez tout feu tout flamme, tous les deux, et ensuite tu m'as dit que tu risquais de rompre, et ensuite... » Valérie haussa les épaules. « Tu as disparu. Quand tu es revenue bosser, tu n'en as jamais parlé, mais tu as arrêté d'avoir des rencards. Luke doit être le premier mec avec qui tu sors depuis... je ne sais même pas combien de temps. »

Aubrey hocha la tête, consciente que son amie avait raison. Elle avait attendu trop longtemps entre deux hommes. Désormais, son désir était incontrôlable en présence de Luke, et du coup, elle avait du mal à réfléchir clairement lorsqu'il était dans les parages. Ce n'était pas la situation idéale alors que sa liberté et son bonheur futurs étaient peut-être en jeu.

« Hé. La Terre à Aubrey, » dit Val en lui agitant une main devant le visage. « Je ne voulais pas te faire retomber dans de vieux souvenirs, ma belle. J'étais simplement curieuse.

— Je n'ai plus envie de parler du passé. Tu crois qu'on devrait prendre un dernier verre avant de tailler la route ? » demanda Aubrey.

Val secoua la tête.

« Je ne peux pas. Un verre de plus, et je serai obligée de laisser ma voiture ici pour la nuit. Entre le voiturier et les chauffeurs de VTC, ça me mettrait sur la paille, » plaisanta-t-elle. La silhouette de Val était plus mince que celle d'Aubrey, ce qu'Aubrey lui enviait parfois. Cependant, la corpulence menue de Val signifiait qu'elle ne tenait pas l'alcool pour deux sous.

« Très bien. Allons-y, alors, » dit Aubrey en faisant signe à la serveuse d'apporter l'addition.

Une fois qu'Aubrey et Val furent parties chacune de son côté après une accolade, chacune se dirigeant vers une place de parking dans des directions opposées, le téléphone d'Aubrey sonna. En l'extirpant de son sac à main, elle fut surprise de voir qu'il s'agissait du numéro du domicile de ses parents. Il était presque vingt-et-une heures, beaucoup trop tard pour que sa mère juge encore poli de passer des coups de fil.

« Allô ? » dit-elle en décrochant.

« Ouais, euh, salut, » fit la voix bourrue de son père.

« Papa ? Hé, est-ce que tout le monde va bien ? » demanda Aubrey, le ventre soudain noué.

« Ouais. Euh, ouais. C'est juste que... J'ai entendu dire qu'un Berserker était passé au quartier général du clan, à la recherche d'informations à ton sujet. J'appelais pour m'assurer que ce n'était rien de... » Son père s'interrompit, comme incertain. C'était une sensation inhabituelle, étant donné que son père était un Alpha et une brute jusque dans la moelle de ses os. Il n'avait même pas appelé pour prendre de ses nouvelles suite au fiasco avec Lawrence, préférant laisser à la mère d'Aubrey le soin de gérer ce qu'il appelait "ses crises d'hystérie".

« Je ne suis pas en danger, » lui dit Aubrey en levant les yeux au ciel, ravie. « C'est seulement quelqu'un que j'ai connu il y a un certain temps.

— C'est qui ? » voulut savoir son père.

« Luke Beran, si tu veux tout savoir. »

Il y eut un instant de parfait silence du côté de son père.

« Beran. Alors tu suis le décret ? Tu t'es trouvé un partenaire ? demanda-t-il.

— J'ai accepté d'aller à la soirée, et je l'ai fait. Il ne se passe rien de plus.

— Luke Beran vient d'une bonne famille. Il serait un bon choix, » lui dit son père.

« Tu m'as fait une promesse, Papa. Tu as promis que tu ne me remettrais plus dans la même situation, que tu ne me mettrais jamais la pression pour que je m'installe avec un partenaire, » le réprimanda Aubrey.

« Alors tu connais cet ours, mais tu ne veux pas de lui comme partenaire ? » clarifia son père.

« Tout juste.

— Très bien, très bien. Joue donc les têtes de mule, soupira son père. Ta mère veut que tu viennes à la maison demain. On fait un barbecue avec certains de tes oncles, de tes tantes, et de tes cousins et cousines. »

Aubrey les voyait d'ici, tous les membres de sa famille rassemblés, qui discutaient tout en dévorant les célèbres côtelettes de l'Oncle Reid.

« Est-ce que Maman va faire ses macaronis au fromage ? demanda Aubrey.

— Bien sûr que oui.

— Très bien, acquiesça Aubrey. À quelle heure ?

— On mange à treize heures. Viens un peu en avance et rends visite à ta mère. Tu lui manques. »

Aucune mention de ce que son père lui-même ressentait à l'égard de son unique enfant, bien sûr.

« Très bien, parvint-elle à dire.

— Très bien, » dit son père, et la communication fut coupée.

Aubrey regarda longuement le téléphone dans sa main, en secouant la tête. Bon sang, qu'est-ce qu'elle venait d'accepter ?

14

« L'Oncle Reid fait vraiment le meilleur barbecue de la planète, sans conteste, » dit Aubrey en s'essuyant les lèvres avec sa serviette avant de repousser son assiette.

« Je voudrais pouvoir en manger encore cinq assiettes, » acquiesça sa cousine Emmie.

Elles étaient assises ensemble à l'une des nombreuses tables de pique-nique installées dans le jardin des parents d'Aubrey, une vaste terrasse assortie d'une piscine, d'une cuisine extérieure, et même d'un coin-bar. Ses parents adoraient faire des grillades dehors, et ils le faisaient avec panache. Au moins cinquante Berserkers étaient là pour la fête, presque la moitié du clan d'Aubrey. La vaste étendue du jardin était délimitée par une épaisse ligne d'arbres, ce qui donnait à la soirée une atmosphère sûre et intime. C'était l'endroit idéal pour se retrouver, vu qu'une grande partie du groupe allait probablement se transformer et explorer la forêt plus tard.

« Je crois que je ne survivrai pas à une assiette de plus, » dit Aubrey en observant les ours métamorphes qui se mêlaient les uns aux autres. Jusque là, la réunion avait été plutôt tranquille, pas une seule bagarre n'avait éclaté. D'un autre côté, les invités étaient là depuis moins d'une heure. Pas assez de temps ni d'alcool pour que quiconque s'échauffe… pour l'instant.

Il y avait eu un moment de tension quand la Tante Lilah avait pointé du doigt le visage du père d'Aubrey en hurlant : « Jack Umbridge, espèce d'enfoiré ! » Quelques instants plus tard, Lilah avait gloussé en se jetant dans les bras de son frère, et tous les convives à la fête s'étaient détendus et étaient revenu à leur occupation, dévorer.

« Tuée par des côtelettes ? ricana Emmie. On va toutes être forcées de prendre un partenaire, de toute façon. Peut-être que la mort par barbecue, c'est pas si mal, comme fin. »

Aubrey éclata de rire, et observa sa parente préférée d'un œil scrutateur. Emmie et Aubrey partageaient indiscutablement les mêmes gênes, si semblables en apparence que lorsqu'elles étaient enfants, leurs propres parents les confondaient parfois. Désormais, alors qu'Aubrey teignait ses cheveux pour faire ressortir ses reflets roux naturels, les courtes mèches châtain d'Emmie étaient naturelles et bouclées.

« Quoi ? demanda Emmie en sirotant sa Corona.

« Je pensais juste à l'époque où on nous confondait, toi et moi, quand on était gamines, dit Aubrey.

— Ouais. Je veux dire, Sarabeth aussi nous ressemble, » dit Emmie en désignant du doigt une autre cousine qui se tenait de l'autre côté du jardin, à papoter. « Et Ann, et Becky. Waouh, je viens juste de remarquer qu'il n'y a que deux sortes de femmes dans notre famille. Les brunes potelées, et les blondes maigrichonnes à gros seins et sans cervelle. »

Aubrey gloussa, sachant qu'elles regardaient toutes les deux leurs cousines Jenna et Leslie. Les deux femmes collaient tout à fait à l'étiquette "blonde maigrichonne et sans cervelle".

« Et Samantha, alors ? » demanda Aubrey en hochant la tête en direction d'une énième cousine. « Elle est mince et blonde, mais elle a un doctorat en astrophysique. En gros, c'est un génie.

— Argh, » fit Emmie en secouant la tête. « Elle est super gentille, en plus. Si c'est pas pour nous pourrir la vie, ça. »

Elles rirent toutes les deux, et se détendirent tout en sirotant leurs boissons et en regardant les gens. Ça tombait à point nommé pour distraire Aubrey du reste de son existence.

« Ouah... » dit Emmie en posant sa bière et en attrapant Aubrey par le bras. « Je t'en prie, je t'en prie, je t'en prie, dis-moi que ce n'est pas un cousin. »

En suivant le regard d'Emmie, Aubrey vit que Luke venait de sortir sur la terrasse, le père d'Aubrey sur ses talons. La moitié des femmes se retournèrent pour jauger Luke du regard et l'admirer dans sa chemise à carreaux bleu clair et son jean noir délavé et ajusté.

« Oh, Seigneur. Est-ce qu'il est venu avec une des cousines blondes ? gémit Emmie.

— J'en doute, » dit Aubrey, mais Emmie ne l'écoutait pas.

Luke sourit et adressa un hochement de tête à Aubrey, son magnifique regard océan parcourant le jardin jusqu'à ce qu'il se pose sur elle. Aubrey frissonna, avec l'étrange expression d'être vulnérable. Comment diable Luke s'était-il retrouvé dans sa maison de famille, à rencontrer tous ses proches ?

Luke s'éloigna du père d'Aubrey et se dirigea droit vers elle.

« Oh, mon Dieu, il vient par ici ! » s'exclama Emmie d'une voix haletante.

« Ouaip, dit Aubrey. Évidemment. Il est venu me voir.

— Quoi ? » demanda Emmie, mais elle n'eut pas le temps de s'expliquer.

« Salut, » dit Luke. Aubrey leva les yeux de son siège, absorbant du regard chaque centimètre de sa haute silhouette élancée tandis qu'il la dominait de toute sa taille.

« Salut, » fit-elle, perplexe. « Qu'est-ce que tu fais ici ? »

L'étonnement illumina les traits de Luke, mais le père d'Aubrey vint s'incruster dans la conversation sans laisser à la situation le temps de s'éclaircir.

« Euh, Luke. Il y a quelques personnes qu'il faudrait que tu rencontres, » dit son père en tendant la main pour guider Luke loin de la table d'Aubrey.

« Jack... » commença Luke. Le père d'Aubrey l'interrompit, et le manœuvra droit sur un groupe de "blondes maigrichonnes sans cervelle" qui étaient rassemblées autour d'une autre table, et qui dévisageaient toutes Luke comme s'il était la dernière côtelette de l'Oncle Reid.

« Tu le connais ? » demanda Emmie, en donnant une tape sur le bras d'Aubrey. Cette dernière déglutit et hocha la tête, mais elle n'avait pas les mots pour expliquer la situation.

Le père d'Aubrey tendit à Luke une bière fraîche et lui ordonna de s'asseoir à la table. Après un dernier coup d'œil à Aubrey, Luke obtempéra. L'une des blondes eut un sourire éblouissant, et rit en touchant le bras de Luke.

Jack Umbridge revint droit vers Aubrey, en haussant un sourcil. Il croisa les bras et baissa les yeux vers sa fille, l'air satisfait.

« Tu vois ? J'ai tout arrangé, » grogna son père.

« Arrangé quoi ? » demanda Aubrey en croisant les bras.

« Je pensais ce que je t'ai dit. Tu n'es pas obligée de prendre quelqu'un dont tu ne veux pas. J'ai dit que tu avais ma protection, alors... » Il agita la main en direction de Luke. « Je donne à Beran de quoi s'occuper ailleurs. Problème réglé. »

Aubrey ouvrit la bouche, s'apprêtant à réprimander vertement son père pour être intervenu, mais il leva un doigt.

« Tu me diras ça plus tard. On dirait que Beran commence à s'ennuyer, » dit-il.

Luke se leva, en adressant à l'une des cousines un sourire qui paraissait forcé, et essaya d'esquiver la caresse d'une autre jeune femme. La manière dont Jenna, Leslie et Mary s'extasiaient devant lui fit prendre conscience à Aubrey du fait que tout le monde ne luttait pas contre le décret de partenariats forcés. Ses cousines semblaient prêtes à jouer le jeu à fond, et tout de suite.

« Merde, » marmonna Aubrey. Elle se leva, et regarda autour d'elle à la recherche de sa mère. Elle la repéra dans l'angle opposé, et contourna son père, Luke, et toutes ses cousines.

« Maman, c'est quoi, ce cirque ? » demanda Aubrey, agacée.

« Est-ce qu'il y a un problème, Aubrey ? » demanda sa mère en haussant un sourcil et en croisant les bras.

« Pourquoi est-ce que Papa fait ça ? Je ne lui ai pas demandé de m'aider à me débarrasser de Luke. » Sans en avoir l'intention, Aubrey se surprit à imiter la posture énervée de sa mère.

« Tu l'as sacrément culpabilisé, ma petite demoiselle. Ton père ne parle pas, il agit. Alors c'est ce qu'il a fait.
— Mais...

— Hé, » dit sa mère en secouant la tête. « Je ne veux rien entendre. Pour autant que tu saches, ce type...

— Luke. Il s'appelle Luke, » dit sèchement Aubrey.

« D'accord. Pour autant que tu saches, Luke pourrait se trouver des affinités avec l'une de tes cousines.

— Certainement pas ! protesta Aubrey.

— Est-ce que tu as des vues sur lui ? la défia sa mère.

— Non ! Non, ce n'est pas ça du tout. » Aubrey se renfrogna.

« Tu ne veux pas de lui. C'est ce que tu me dis, » commença sa mère.

Aubrey inspira profondément, les joues en feu. Elle hocha la tête, refusant de renoncer.

« Très bien, dans ce cas. Va te chercher une bière fraîche et retourne voir Emmie. Elle a l'air de se sentir seule. Mieux encore, provoque une rencontre, » suggéra sa mère.

De l'autre côté du jardin, Aubrey regarda son père présenter Luke à un troupeau de femmes brunes. Leslie les suivit, et s'inséra dans le nouveau groupe en activant son charme à fond. Luke regarda en direction d'Aubrey pendant un bref instant avant de lui tourner le dos, et de concentrer son attention sur l'une des jolies cousines brunes.

« C'est ridicule, » marmonna Aubrey en secouant la tête, dégoûtée. Elle s'éloigna de sa mère, en raflant au passage deux bières fraîches tandis qu'elle retournait à la table d'Emmie.

« Il y a un problème ? » demanda cette dernière tandis qu'Aubrey se rasseyait.

« Non. Rien qui vaille le coup que tu le saches, »

Elles firent tinter leurs bouteilles de bière l'une contre l'autre et en prirent une gorgée, puis s'installèrent confortablement pour regarder le spectacle.

15

Lorsque James Erikson, l'Alpha actuel de la meute d'Aubrey, débarqua avec une petite cour, Aubrey commença vraiment à se sentir nerveuse. Erikson avait emmené sa partenaire et un troupeau de jeunes femmes qualifiées de sa propre famille. Aubrey adressa un salut de la main à Thérèse, la fille de James. Cette jolie brune aux courbes généreuses était gentille, intelligente et pleine de vie ; sa personnalité très 'accessible' ajoutée à sa belle allure faisait d'elle la quintessence de la It-girl. Aubrey n'avait pas vu Thérèse depuis la soirée de rencontre donnée par la famille Beran, mais sa présence ici ne pouvait signifier qu'une seule chose.

Apparemment, Luke était plus convoité qu'Aubrey ne le pensait. En plus d'être canon, comme Val l'avait mentionné, il était en position de pouvoir. En tant que fils aîné de Josiah Beran, il avait le potentiel pour diriger les affaires de tous les Berserkers du Pacifique Nord-Ouest. Avec son passé militaire, il était sans nul doute un concurrent de poids aux yeux de tous les Alpha.

À cette pensée, Aubrey s'aperçut qu'elle n'avait jamais

pris la peine de demander à Luke s'il avait l'intention de succéder à son père. Cette perspective la refroidit ; Aubrey détestait l'idée d'être une femme du monde dévouée, un aspect inhérent au rôle de partenaire d'un Alpha.

« Ça ne rigole plus, » dit Emmie en désignant James d'un signe du menton tandis qu'elle revenait vers la table de pique-nique. Encouragée par un hochement de tête de la part d'Aubrey, même la gentille Emmie s'était présentée à Luke, curieuse quant à sa présence.

« Ça donne quoi, avec Luke ? » demanda Aubrey en conservant un ton neutre. Le feu de la jalousie montait en elle à cet instant, mais elle n'avait pas le droit de dire quoi que ce fût.

« Sérieux ? » soupira Emmie, en martelant la table de ses ongles.

« Quoi ? » demanda Aubrey en arrachant son regard de l'endroit où James présentait Luke à Thérèse.

« Arrête de faire semblant de t'en ficher. J'ai vu sa façon de te regarder en arrivant, super intense. Et puis tu n'arrêtes pas de le mater, alors... » Emmie agita la main.

« Je m'intéresse juste à ce qui se passe. Tous les autres regardent aussi, » souligna Aubrey. C'était la vérité ; chacune des personnes présentes dans le jardin surveillait avec un immense intérêt les interactions de Luke avec James et le père d'Aubrey.

« Oh, le voilà ! » couina Emmie.

Luke se dirigeait droit vers leur table, l'air manifestement en colère. Tout le monde l'observait toujours, la plupart des femmes affichant un air dépité.

« Tu veux bien nous excuser ? » demanda-t-il à Emmie. Elle fila se planter aux côtés de sa mère, laissant Aubrey seule avec Luke. Bien qu'ils fussent à plusieurs mètres de tous les autres, Aubrey sentait l'examen minutieux des autres membres du clan peser lourdement sur elle.

« Aubrey, qu'est-ce que c'est que ce cirque ? » lui demanda Luke en croisant les bras et en s'appuyant contre la table. Aubrey s'éclaircit la gorge et repoussa la bouteille vide avec laquelle elle jouait.

« On dirait qu'on te fait la cour, » dit-elle en pinçant les lèvres en une ligne dure.

« Si l'idée vient de toi... » commença Luke, mais il s'interrompit net lorsque le père d'Aubrey s'avança et lui posa une main sur l'épaule. James Erikson était juste derrière lui, l'air menaçant.

« Nous avons deux offres sur la table, » dit Jack Umbridge, en faisant comme si Aubrey était invisible. « Ma nièce Leslie est... sous ton charme.

— Ou ma Thérèse, » intervint James. James et le père d'Aubrey se tenaient épaule contre épaule face à Luke, obligeant Aubrey à lever les yeux vers lui comme une enfant. « Les deux seraient un choix judicieux. Ça rapprocherait nos clans. »

Aubrey resta bouche bée. La manipulation politique flagrante qui se déroulait là était ahurissante. Elle regarda Luke, qui paraissait de plus en plus agacé à chaque seconde.

« J'ai juste besoin de parler un instant à Aubrey, dit-il. En privé.

— Non, » répondit Jack, la voix et le visage dénués d'expression. « Leslie, ou Thérèse »

La blonde sexy ou la superbe brune ? se demanda Aubrey avec amertume.

Luke essaya de se déplacer pour voir le visage d'Aubrey, mais les deux Alpha bougèrent pour la dissimuler complètement.

« Je ne peux pas prendre une telle décision en quelques

minutes, » dit Luke avec un agacement manifeste. « Je ne savais même pas qu'on était là pour arranger des unions.

« Tu vas sortir avec une des deux, alors ? » demanda James d'une voix impérieuse.

Il y eut un long silence, dont chaque seconde donnait la nausée à Aubrey. Elle se leva brusquement de table, ne voulant pas en entendre davantage. Elle se détourna, et fila en direction de l'allée principale. Il fallait qu'elle monte dans sa voiture et qu'elle se tire d'ici avant de se sentir davantage à l'étroit.

« Ne t'avise pas de bouger, » entendit-elle son père tonner à sa suite.

Des larmes lui brûlaient les yeux, mais elle refusa de regarder en arrière. Une petite voix en elle lui dit de se retourner, de dire à Luke qu'elle était intéressée, qu'il comptait pour elle… Mais si elle ne pouvait pas s'engager dans un partenariat, ce ne serait pas correct. Aubrey sauta dans sa voiture et prit la fuite, consciente qu'elle était en train de sceller son destin, et probablement celui de Luke.

16

Appuyé contre l'aile de sa berline de location, Luke observait la porte d'entrée du Centre de Soins pour Femmes de Sunnyside. Il tapait impatiemment du pied, content d'être au moins de retour à l'air libre.

Il était venu directement ici après son vol de retour depuis Portland ; tous ces bruits, ces inconnus et toutes ces files d'attente avaient failli l'achever. Par-dessus le marché, son agitation manifeste avait une fois de plus attiré l'attention de la sécurité de l'aéroport, ce qui avait entraîné une fouille et un interrogatoire interminables, crispés et excessivement minutieux. Son ours était tout près de la surface à présent, rugissant pour qu'on le délivre. Rien de bon n'en serait sorti.

Son téléphone vibra dans sa poche et, en le consultant, il trouva un message de Val, l'amie d'Aubrey.

C'est bon. Elle sort, là.

Luke s'éclaircit la gorge et se glissa hors de la voiture lorsque la porte d'entrée s'ouvrit à la volée. Aubrey apparut, vêtue d'une splendide robe bleu clair et de chaussures à talons rouges. Ses longs cheveux étaient tressés en une natte épaisse qui reposait sur l'une de ses épaules, et Luke ne se rappelait pas l'avoir déjà vue aussi belle.

Elle jonglait avec une énorme pile de dossiers qu'elle portait sur un bras, un fourre-tout et un sac à main, et avait les yeux baissés tandis qu'elle s'avançait vers lui. Ce n'est que lorsqu'elle fut presque au niveau de sa voiture qu'elle leva les yeux, trébucha et faillit faire tomber sa paperasse.

« Luke, qu'est-ce que… » Aubrey s'interrompit elle-même, en secouant la tête. « Tu ne devrais pas être en pleine lune de miel avec une de mes cousines, en ce moment ? »

Luke fronça les sourcils et secoua la tête. Il ne comptait pas la laisser chercher la bagarre ici, en pleine rue.

« Monte dans la voiture, » ordonna-t-il en se penchant pour ouvrir la portière arrière. « Donne-moi tes affaires, je vais les charger pour toi.

— Je te demande pardon ? » demanda-t-elle. Il savoura l'air de surprise sur son visage, juste avant qu'elle ne se prépare à le réduire en lambeaux.

« Monte, répéta-t-il.

— Je ne crois pas, » fit-elle sèchement en se détournant pour s'en aller. Elle percuta de plein fouet Valérie, qui s'était avancée derrière elle en portant un petit sac de voyage. En voyant l'air d'attente de Valérie, Aubrey se renfrogna.

« Vous êtes de mèche, tous les deux ? » s'écria Aubrey en tapant du pied. « C'est ridicule ! Quelle traîtresse tu fais. »

Valérie croisa les bras et haussa un sourcil, en dévisageant durement Aubrey.

« Je me rappellerai que tu as dit ça, répondit-elle.

— Alors, quoi ? C'est quoi, ce cirque ? » demanda Aubrey, énervée.

« Monte dans la voiture, et je te le dirai, » dit Luke.

Aubrey fourra ses dossiers dans les bras de Valérie et se retourna pour faire face à Luke. Elle était à deux doigts de l'explosion, et Luke devait reconnaître qu'il aimait bien la voir ainsi. Il faisait plus qu'aimer ça, en réalité. Il sentait l'ourse d'Aubrey se dresser, amenant le sien à la surface, et dans son état de célibat trop longtemps prolongé, ça l'excitait à un niveau primitif.

Sans lui laisser le temps d'ouvrir la bouche pour protester davantage, Luke s'avança et la prit par la taille. L'attirant à lui, il fit ce qu'il se languissait de faire chaque seconde depuis qu'elle l'avait mis à la porte de chez elle : il l'embrassa. Il se pencha en avant et plaqua fermement ses lèvres contre les siennes, la serrant étroitement. Pendant un long moment, elle résista, et son corps se tendit comme si elle allait le repousser.

Puis sa bouche se fit plus douce sous la sienne, et ses bras vinrent sur ses épaules. Ses lèvres s'entrouvrirent sur un soupir, et sa langue chercha la sienne. En quelques secondes, le baiser devint profond et sauvage, les laissant tous deux haletants. Aubrey gémit contre ses lèvres, et il fallut à Luke toute sa volonté pour ne pas la déshabiller et la prendre là, sur le trottoir. Son ours se détendit enfin un peu, laissant Luke respirer sans difficulté pour la première fois depuis des jours.

Bien que laisser Aubrey quitter ses bras fût la dernière chose qu'il désirât, Luke ralentit le baiser puis recula, plongeant son regard dans les yeux assombris par le désir d'Aubrey.

« Monte dans la voiture, Aubrey, » dit-il avec douceur. « On va faire un tour.

— Je ne peux pas, souffla-t-elle. J'ai du travail, et je n'ai rien à emporter.

— C'est là que j'interviens, » l'interrompit Val, en agitant la main pour rappeler à son amie qu'elle était toujours présente. « Je suis allée chez toi à l'heure du déjeuner et je t'ai préparé un sac. Et je m'occupe de ton travail pendant quelques jours, autant de temps qu'il te faudra. »

Aubrey recula, et leva les yeux vers Luke avec une expression mêlée de peur et de profond désir.

« À quoi est-ce que ça rime, tout ça ? » demanda-t-elle à nouveau.

« J'imagine que tu vas simplement devoir monter dans la voiture pour le découvrir, » fit-il avec un haussement d'épaules, l'air faussement détendu.

Au bout d'une minute de supplice, Aubrey soupira et accepta le sac fourre-tout que Valérie lui tendait. Luke l'installa sur le siège passager en souriant, et posa son sac à l'arrière. Il avait le cœur léger, bien qu'il sût qu'il ne s'agissait là que de la première étape. Le plus dur restait encore à faire.

17

Aubrey resta silencieuse pendant la majeure partie de l'heure que dura le trajet jusqu'à la côte. Luke, agité, martelait le volant de ses doigts et changea de station radio une demi-douzaine de fois. La ville lui pesait, le rendait nerveux malgré la présence apaisante d'Aubrey. Le temps qu'il avait passé à Portland ne lui avait pas fait trop de bien ; il avait régressé et avait carrément failli avoir une attaque de panique à l'aéroport.

Aubrey se contentait de lui sourire chaque fois qu'il essayait de faire la conversation, aussi finit-il par se taire. Elle défit sa longue tresse et peigna ses cheveux avec ses doigts, emplissant la voiture de son odeur chaude. Luke remuait sur son siège toutes les deux minutes, gêné du fait que son odeur le fasse bander à mort.

Lorsque Luke quitta l'autoroute et tourna sur un chemin privé légèrement boisé, elle regarda par la vitre, mais ne dit rien. Il arrêta la voiture au bout de la route, un endroit tranquille où la ligne des arbres s'interrompait à quelques centaines de mètres de l'océan.

« Nous y voilà, » lui dit Luke en descendant d'un bond

de la voiture. Il ouvrit le coffre et en sortit une tente, deux glacières et un sac fourre-tout comme celui d'Aubrey. Il sautillait sur place, la tension en lui de plus en plus forte, accumulant une énergie agitée jusqu'à ce qu'il ait l'impression d'être au bord de l'explosion.

« Est-ce que c'est une tente ? » demanda-t-elle en le regardant d'un air soupçonneux.

« On dirait bien. Ne t'en fais pas, » lui dit-il en sortant un épais tapis en mousse du coffre. « Ça va être super confortable.

— Je ne fais pas vraiment de camping, » dit Aubrey en baissant sur ses talons un regard plein de désarroi.

« Ah, ouais. Valérie a mis des chaussures dans ton sac, » dit Luke en le lui tendant. Aubrey l'ouvrit, et en sortit une paire de tongs roses. Elle fronça les sourcils et tira sur un morceau de satin rose à l'intérieur du sac. Ses yeux s'illuminèrent une seconde plus tard en le reconnaissant, mais elle se contenta de rougir et de marmonner quelques paroles méchantes au sujet de son amie tout en refermant la fermeture éclair du sac. Elle laissa ses talons dans la voiture, et enfila les sandales.

Une fois qu'elle fut prête, Luke la conduisit jusqu'à leur destination. Leur foyer pour la nuit était une large plateforme de bois flanquée de quatre hauts piquets à chaque angle. Située juste sous la première rangée d'arbres, elle donnait sur la plage de sable blanc.

« Bon. Il y a des boissons dans la glacière bleue, là-bas, » dit Luke avec un geste de la main. « Tu n'as qu'à t'asseoir et me regarder travailler. »

Aubrey obéit, pour une fois, et en quelques minutes, Luke tendit une épaisse bâche entre les piquets. Il monta la tente tout aussi rapidement, et déposa le tapis en mousse à l'intérieur. Il retourna à la voiture pour aller chercher une brassée d'oreillers moelleux, qu'il rentra sous la tente.

« Qu'est-ce que tu en dis ? » demanda-t-il en agitant la main en direction de la tente.

« Très chouette, » reconnut Aubrey avec l'ombre d'un sourire.

« C'est pas encore fini ! » lui dit Luke. Il ne mit pas longtemps à réunir un énorme tas de bois pour le feu, et prépara tout pour le feu de camp qu'il avait prévu à la tombée de la nuit. Il installa tous les sacs et toutes les glacières à leur place, refusant l'aide que lui proposait Aubrey. Quand il eut terminé, il fronça les sourcils et fit craquer sa nuque, dans une tentative d'évacuer une partie de la tension dans ses épaules et son dos. Il avait cru que sortir de la ville ferait taire son ours et calmerait ses nerfs, mais ça n'y avait rien fait du tout.

« Hé, » lança Aubrey, assise sur la plate-forme à côté de la tente. « Viens t'asseoir avec moi deux secondes. »

Luke lui lança un regard, admirant la manière dont ses longs cheveux flottaient dans l'air frais et salé, le soleil de ce début de soirée les faisant scintiller telles des flammes de soie. Il s'approcha lentement et prit place à côté d'elle.

« Qu'est-ce que tu as ? » demanda-t-elle en lui lançant un regard perçant.

« Rien, » répondit-il, lui servant la même défense automatique qu'il servait à tout le monde dans sa vie.

« N'importe quoi, » dit-elle en secouant la tête. « Tu es tellement... tendu. Tu es à cran depuis la seconde où j'ai posé les yeux sur toi. »

Luke expira lentement. Il n'était pas prêt à déposer son fardeau sur les épaules d'Aubrey.

« La semaine a été longue, c'est tout, » dit-il. Ça paraissait minable, même pour lui.

« Il faut que tu te transformes, lui dit Aubrey.

— C'est... Je peux attendre, » se déroba-t-il.

Aubrey se glissa à bas de la plate-forme, et se débarrassa de ses tongs sur le sable d'un coup de pied. Elle se détourna et s'avança parmi les arbres, en lui lançant un regard plaintif en arrière. Lorsque sa robe tomba au sol quelques mètres plus loin, Luke ne put s'empêcher de la suivre. Il se déshabilla et prit sa forme d'ours. Des grincements et craquements d'os familiers retentirent tandis qu'elle se transformait hors de sa vue.

Aubrey revint vers lui à pas feutrés sous sa forme d'ourse. Il s'immobilisa en la voyant, et remarqua la tache de fourrure fauve sur sa poitrine qui contrastait avec le reste de son épaisse fourrure sombre. C'était une ourse malaise, ce à quoi il ne s'était pas attendu. Aubrey était beaucoup plus petite que sa propre forme de Grizzly ; sous cette apparence, elle n'atteignait probablement que les deux tiers de sa taille. Son ours l'adora aussitôt, et la reconnut sans la moindre hésitation.

Aubrey grogna doucement, se détourna et s'éloigna dans les bois, le laissant à la traîne. Luke la suivit, et s'aperçut que son côté humain comme son côté ours appartenaient complètement à Aubrey Umbridge.

18

Luke acheva d'emballer les restes de leur dîner, et les chargea dans la voiture. Il retourna auprès d'Aubrey, et poussa un grognement en s'asseyant à côté d'elle sur la plate-forme de la tente. Avec une couverture de laine douce étalée sous eux et le feu qui crépitait à quelques pas, rester assis à regarder les derniers rayons du soleil s'estomper était une activité confortable.

« Ça fait mal ? » demanda Aubrey d'un ton taquin.

« Ouais. Je n'ai pas vraiment couru sous ma forme d'ours depuis l'époque où j'étais chez mes parents, reconnut-il.

— C'est dur de courir un bon coup quand on vit en ville, » dit Aubrey d'un ton mélancolique. « Il faut que j'aille sur les terres de mon clan. C'est pas évident de prendre le temps, avec mon emploi du temps. »

Luke hocha la tête, bien qu'il n'eût pas vraiment d'emploi du temps pour l'instant. Une fois qu'il aurait pris son poste en ville et qu'il se serait installé dans une routine, ça deviendrait plus difficile.

« Le trajet jusqu'à Portland a été plutôt rude. J'aurais dû appeler James Erikson pour demander la permission de galoper sur ses terres avant d'y aller. Seulement, je ne voulais pas me faire embarquer pour un rencard surprise avec sa fille, plaisanta Luke.

— C'est dur de dire non à Thérèse, » dit Aubrey, en se tordant les mains sur ses genoux.

« Non, pas pour moi. Elle est très sympa, mais elle n'est pas toi. »

Aubrey leva les yeux vers lui et son front se plissa, mais elle ne répondit pas directement. À la place, elle esquiva le sujet.

« Tu as rencontré beaucoup de femmes à la fête de mon père.

— Et c'était une sacrée fête. Quand ton père m'a appelé, j'ai cru... En fait, je ne sais pas trop ce que j'ai cru. J'espérais qu'il essaierait de nous coincer ensemble dans une pièce. Je n'ai pas mis longtemps à voir que je me plantais complètement, » dit Luke avec un petit rire.

« Je me demandais comment tu t'étais retrouvé là-bas, » dit Aubrey en faisant la moue.

« Ouais. Ton père est plutôt persuasif quand il en a envie.

— Sans blague. C'est à cause de lui que je suis allée à cette stupide soirée de rencontres, au départ. Je ne veux pas manquer de respect à ta famille ni rien, mais ce genre d'interactions forcées, ce n'est pas mon truc. »

Luke éclata de rire. Il prit une profonde inspiration, et s'aperçut qu'il se sentait beaucoup mieux après avoir couru et mangé du saumon et des légumes grillés au feu. Comme tous les ours, sa vie devenait de plus en plus difficile dès lors qu'il avait un tout petit peu faim.

« Ma mère adore donner ce genre de fêtes dans la grange, mais le côté rencontres impromptues, ce n'était pas son choix à elle. C'est mon père qui a proposé ses services.

— Ha ! Ma mère péterait un câble. Mon père a beau être l'Alpha, la maison, c'est le domaine de ma mère. Là-bas, c'est elle qui commande.

— Ma mère ne se dispute jamais avec mon père devant personne, même pas moi et mes frères, mais elle dirige bel et bien nos vies. En fait, c'est elle qui m'a décroché l'entretien à Portland. L'entreprise appartient à un ami du clan, qui travaille justement dans la branche technologique de la sécurité.

— C'est ça que tu fais ? » demanda Aubrey. Luke hocha la tête.

« Je m'occupe du matériel informatique, de tous les gadgets.

— C'est ça que tu faisais dans l'armée, alors ?

— Ouaip. Pendant dix ans de ma vie, dit Luke.

— Alors... Portland, hein ? Quand tu prendras le poste, tu seras vachement loin de San Francisco. »

Luke eut un petit rire.

« J'aime bien comme tu t'imagines que j'ai eu le poste.

— Eh bien, tu l'as eu, non ? » dit Aubrey. C'était agréable de voir qu'elle paraissait si sûre de lui.

« Ouais, peut-être. Si je l'ai eu, c'est à cause des relations de ma famille. J'ai planté l'entretien, et pas qu'un peu. »

Aubrey leva vers lui des yeux ronds.

« Comment ? » demanda-t-elle, comme si une telle chose avait été impossible.

« J'ai eu une attaque de panique environ cinq minutes avant d'entrer. J'étais tellement sous pression, et je pensais à toute cette histoire avec toi, et j'ai senti une odeur de fumée... » Il soupira. « En fin de compte, quelqu'un avait seulement laissé une porte entrouverte et il y avait un restaurateur ambulant garé dehors. Mais j'ai vraiment pété les plombs.

— Je suis sûre que ce n'était pas si terrible, » dit Aubrey en tendant la main pour la poser sur la sienne.

Luke lui adressa un demi-sourire.

« Tu n'étais pas là. Ce n'était pas beau à voir. »

Il hésita, ne sachant pas trop s'il devait ou non partager sa technique de survie.

« Quoi ? » demanda Aubrey en l'observant attentivement.

« Ça va te paraître stupide, mais je me sers du temps qu'on a passé ensemble à San Diego pour neutraliser mes attaques de panique, dit-il.

— C'est vrai ? » demanda-t-elle, l'air amusé.

« Ouais. Je pense à quand je mangeais les steaks du service de chambre avec toi au lit.

— Et que tu buvais ce jus de pomme pétillant à la place du champagne, » se rappela Aubrey en gloussant.

— Ouaip. Mon expérience avec le whisky, à la fête campagnarde de ma mère, n'a fait que renforcer ma détermination à ne pas boire, » dit-il.

Aubrey devint silencieuse lorsqu'il mentionna la soirée, et une douzaine d'expressions négatives passèrent furtivement sur son visage.

« Est-ce que je peux te poser une question ? dit Luke.

— Bien sûr, » répondit Aubrey en haussant les épaules, sa bonne humeur évanouie.

« Quand tu es partie de chez tes parents l'autre jour, ton père m'a acculé et m'a fait un sermon. Il était agressif. Il ne s'est pas montré direct avec moi, au juste, mais il m'a bel et bien dit quelque chose. Il a dit "à cause de Lawrence", quelque chose à propos d'un type nommé Lawrence. »

Lorsque Aubrey eut un mouvement de recul, Luke regretta aussitôt ses paroles. Elle allait sûrement se replier sur elle-même à présent, et refuser de parler davantage. Au lieu de quoi elle leva droit sur lui ses yeux étincelants de larmes naissantes.

« Je suppose que je te dois effectivement quelques explications, » dit-elle, et sa voix se brisa. Lorsque Luke ouvrit la bouche pour la faire taire, pour lui dire qu'elle n'avait pas à lui expliquer quoi que ce fût, elle secoua la tête.

Luke ne put rien faire d'autre que rester assis en retrait et attendre que son histoire se dévoile.

19

Aubrey prit une profonde inspiration, et baissa les yeux. Il était temps qu'elle fasse sortir cette histoire au grand jour, et qu'elle laisse Luke en tirer les conclusions qu'il voudrait.

« Lawrence, c'est Lawrence Matheison, » commença-t-elle, puis elle s'interrompit.

« Comme le clan Matheison de Chicago ? » demanda Luke. Aubrey battit des paupières, et lui adressa un lent hochement de tête. Luke était bien trop intelligent.

« Ceux-là mêmes. C'est le fils unique d'Anders Matheison, l'héritier au titre d'Alpha. »

Luke hocha la tête, mais ne dit rien d'autre. En revanche, il tendit la main et saisit la sienne, enveloppant ses doigts de la force et de la chaleur des siens. Aubrey frotta ses doigts contre les siens pour en savourer les douces callosités. Luke était fort, et il travaillait de ses mains lorsqu'il le pouvait. Il était le sel de la terre, absolument rien à voir avec Lawrence.

« Il est vraiment beau, » reconnut Aubrey, qui faillit sourire en voyant la manière dont Luke se crispa et se hérissa à ses paroles. « Du calme. Je dis seulement que ça fait partie de son charme. Il raconte à tout le monde qu'il peut avoir n'importe quelle fille au monde, et quand il s'est intéressé à moi... J'ai honte de le dire, mais ça m'a ébranlée. J'étais jeune et facilement impressionnable. »

Elle prit une autre inspiration avant de poursuivre.

« Il m'a renversée, en quelque sorte. Des fleurs, des bonbons, des rencards chics. Il m'emmenait sur le yacht de son père, en me disant tout le temps à quel point j'avais de la chance, que j'étais une fille spéciale. J'avais tellement envie d'entendre ça. Ayant grandi auprès de toutes mes superbes cousines, que tu as rencontrées... » Aubrey agita la main.

Luke haussa les épaules, évasif.

« Eh bien, il m'a renversée. C'est marrant, parce qu'en réalité il ne m'a donné aucune des choses que j'attendais d'une relation. Il a mis un genou à terre lors de notre premier rendez-vous, m'a promis une énorme bague, tout ça. Mais il ne voulait pas vivre avec moi avant ça. Il ne voulait aller à aucune des réunions de ma famille, seulement à celles de la sienne. Il disait tout le temps qu'il allait m'emmener vivre Chicago, et il ne voulait entendre parler de rien d'autre.

— Et tu l'as laissé faire ? demanda Luke, l'air amusé. J'ai du mal à l'imaginer.

— J'avais des réserves, mais tout le monde était tellement ravi. Mes parents étaient aux anges, et les Matheison étaient tellement gentils avec moi. Lawrence m'a emmenée à Chicago pour une semaine et m'a laissé sur les bras de sa mère la moitié du temps, en nous mettant la pression pour qu'on prépare cet énorme mariage. Ce n'était pas ce que je voulais, mais tout le monde n'arrêtait pas de me dire que l'union de deux clans par le mariage était un événement social important. Ça me donnait l'impression de compter, et je me suis laissée emporter. »

Elle s'interrompit un moment, rattrapée par les souvenirs.

« En y repensant, Lawrence a dérapé quelques fois à l'époque. Il se moquait de mes suggestions, et disait qu'elles étaient stupides. Je faisais comme si ce n'était rien. C'était un dragueur invétéré, tout le temps en train de parler à d'autres femmes, mais quand je me mettais en colère il se contentait de me flatter jusqu'à ce que je laisse tomber. Le signe le plus flagrant, c'était qu'il ne me touchait pratiquement jamais, si romantiques que fussent nos rendez-vous. Il disait qu'il attendait le mariage. »

Aubrey renifla avec dégoût.

« C'était un énorme mensonge, mais je ne m'en suis pas inquiétée. En fait, je crois que sa mère a essayé de me prévenir qu'il fallait que je m'en aille une ou deux fois. Elle n'arrêtait pas de me poser des questions qui me mettaient mal à l'aise, mais elle était complètement intimidée par Lawrence et son partenaire. J'ai carrément vu Lawrence l'attraper et lui tordre le bras une fois, mais elle a fait comme si ce n'était pas grave… c'est là que j'ai su que ça ne marcherait pas.

— Alors tu as rompu, devina Luke.

— Eh bien, je l'ai confronté au sujet de son comportement, et il a pété un câble. Il a complètement oublié son numéro du charmant fiancé, et m'a traitée de tous les noms d'oiseaux. Il m'a dit que si je contrariais ses projets, il me le ferait regretter. C'était genre… quatre jours avant le mariage. »

La mâchoire de Luke se contracta, et ses poings se serrèrent.

« Ça m'a l'air d'être une belle ordure.

— C'est ça. Le lendemain, il s'est confondu en excuses, mais je savais qu'il fallait que je raconte ce qui se passait à mes parents. Quand ils sont arrivés à Chicago, je leur ai demandé à tous les deux de s'asseoir, et je leur ai raconté une partie de ce que j'avais vu. Mon père est devenu furax, presque autant que Lawrence, et m'a dit de la fermer et de filer droit. Ma mère s'est montrée compatissante, mais elle m'a assuré que j'étais simplement en train de me dégonfler.

— C'est... Je ne sais pas quoi dire de ça, » dit Luke, dont les yeux étincelaient d'une colère grandissante.

« Eux non plus, à présent, » lui assura Aubrey. « Franchement, tout ça aurait pu aller jusqu'au bout, sans tenir compte de ce que je voulais. Ça a juste fait boule de neige jusqu'à ce que je ne puisse plus rien faire pour ralentir les choses.

— J'espère que tu as planté ce connard devant l'autel, grommela Luke.

— On n'est même pas allés jusque là. Lawrence a disparu du dîner de répétition, ce machin ultra prout prout. Quand je me suis levée pour aller le chercher, je l'ai trouvé dans l'une des salles annexes à la salle de banquet, enfoncé jusqu'à la garde dans l'une des demoiselles d'honneur qu'il avait choisies pour moi. Une amie d'enfance, soi-disant.

— Je suppose qu'il s'est montré repentant ? demanda Luke.

— Pas le moins du monde. En fait, il a perdu son sang-froid. Il m'a traitée de grosse et de minable, et m'a dit que je ferais mieux de m'habituer à ce qu'il fasse ce qui lui plaisait, parce qu'aucune partenaire ne pourrait jamais le retenir. Il m'a dit que je n'étais rien, que je n'étais qu'un moyen pour lui de diriger deux clans, ce genre de conneries dingues. Il m'a empoignée et a commencé à me faire du mal, tout comme il l'avait fait avec sa mère. J'ai essayé de me défendre, mais j'étais complètement sous le choc. Je n'ai même pas pensé à me transformer, » dit Aubrey, profondément gênée. « Je ne suis jamais tombée aussi bas de ma vie. Mon père a débarqué quelques secondes plus tard, et il a dû éloigner Lawrence de moi de force.

— Et ton père ne l'a pas tué sur-le-champ ? » dit Luke, les dents serrées.

Aubrey leva les yeux vers lui. Le regard de Luke était flamboyant, à présent, le jaune de ses iris se détachant nettement. Sa fureur était si forte qu'Aubrey parvenait bel et bien à la sentir dans l'air, tournoyant autour d'eux, si dense qu'elle était presque étouffante. Elle tendit la main et la passa le long de son bras, soulagée de voir que son contact semblait adoucir son humeur instable.

« Franchement, je crois qu'on avait tous les deux vraiment honte. Mon père s'en voulait à mort de m'avoir forcée à subir tout ça, et de ne pas m'avoir écoutée quand je lui avais dit ce qui se passait. Et moi... j'étais simplement détruite. Ça paraît stupide, mais j'avais l'impression que tout ça était ma faute. Si j'avais été mieux que ça, Lawrence m'aurait désirée pour ce que j'étais.

— Seigneur, » dit Luke, l'air atterré.

Aubrey hésita en s'apercevant que c'était le moment. Elle lui avait raconté la moitié de l'histoire, et il avait à peine sourcillé. Si elle lui disait tout, ça le ferait peut-être fuir, mais au moins elle aurait l'impression d'avoir été honnête. Elle lui devait la vérité.

« Ça n'a pas eu que du mauvais. En fait, j'ai rencontré Valérie par l'intermédiaire d'un groupe de soutien pour les victimes de maltraitances. Elle m'a emmenée à Sunnyside pour y faire du bénévolat, et on s'est toutes les deux retrouvées à bosser là-bas. Ça a changé ma vie, mais pas du tout dans le mauvais sens, » dit-elle.

Elle inspira profondément, entrelaça ses doigts avec ceux de Luke et leva les yeux vers les siens.

« C'était seulement quelques mois avant que je ne te rencontre, lui dit-elle. Et... pour être franche, l'histoire ne s'arrête pas là. »

La bouche de Luke s'ouvrit puis se referma. Aubrey ne put s'empêcher de sourire, car bien qu'il fût du genre discret, elle ne l'avait jamais vraiment vu sans voix auparavant. Alors même qu'elle souriait, des larmes lui montèrent aux yeux tandis que les mots se formaient sur ses lèvres.

« J'ai pensé à te retrouver, moi aussi, avoua-t-elle. En fait, j'en avais l'intention. J'avais même rencontré un détective privé qui aurait peut-être pu retrouver ta trace.

— Mais tu ne l'as pas fait, » dit Luke en penchant la tête de côté tout en l'observant attentivement.

« Non. Quelques semaines après le week-end qu'on a passé ensemble, je n'ai pas eu mes règles. » Aubrey prit brusquement une profonde inspiration et la relâcha, sachant qu'elle ne pouvait désormais plus revenir en arrière, qu'il fallait qu'elle raconte tout. « Je suis allée voir le médecin, et elle a confirmé la grossesse. »

Les sourcils de Luke firent un bond vers le haut, sa surprise mêlée à un infime soupçon.

« Ce n'était pas le moment pour moi d'avoir un enfant. J'étais encore ébranlée par cette histoire avec Lawrence, et ensuite je me suis retrouvée enceinte d'un quasi-inconnu...

— On n'était pas des inconnus. Pas après la première nuit qu'on a passée ensemble, » dit Luke, dont la voix était devenue rocailleuse.

« Laisse-moi juste... Il faut que je te raconte tout. Je

savais que je ne pouvais pas avoir un enfant. Je savais que mes parents me forceraient à le garder, que je serais enchaînée à eux, ou à toi si jamais tu le découvrais. Je ne... pouvais pas, tout simplement. Alors j'ai pris rendez-vous pour mettre un terme à la grossesse. »

Aubrey souffla lentement et longuement.

« Je ne veux pas en entendre davantage, Aubrey. C'est... J'en sais rien, » dit Luke. Son expression peinée lui brisa le cœur, mais elle avait besoin qu'il comprenne.

« Je ne suis jamais allée au rendez-vous, » dit-elle en secouant la tête. « Après tout ça, j'en étais quand même incapable. J'ai changé d'avis, j'ai décidé que j'aurais le bébé et qu'ensuite je le donnerais à l'adoption.

— Est-ce que tu essaies de me dire que j'ai un gosse quelque part qui vit avec des inconnus ? » dit Luke en levant dangereusement la voix.

« Non. Non, je crains que non. J'ai fait une fausse couche au troisième mois, » dit Aubrey d'une voix tremblante. Ses larmes se mirent à couler librement, roulant le long de son visage, et elle ferma les yeux.

« Tu... » commença Luke, puis il s'interrompit. Il se leva, s'épousseta, et se passa la main dans les cheveux. « J'ai juste... J'ai besoin d'aller faire un tour, de réfléchir une minute. Je t'en prie, ne bouge pas d'ici. »

L'expression de son visage figea Aubrey sur place. Elle hocha la tête, un faible gémissement s'échappant de ses lèvres tandis qu'elle le regardait s'éloigner. Ce sentiment dans sa poitrine, cette honte et ces regrets qui s'étaient frayé un chemin à coups de griffes jusqu'à la surface depuis ces sombres profondeurs en elle menaçaient de la consumer. C'était exactement ce qu'elle avait ressenti à l'hôpital, en comprenant qu'elle avait perdu le bébé de Luke, le bébé qu'elle avait prévu d'abandonner. La grossesse qu'elle avait à l'origine prévu d'interrompre. La douleur était vive, tout aussi fraîche qu'elle l'avait été ce jour-là.

Incapable de contenir son angoisse, Aubrey entra en rampant sous la tente et ferma les yeux.

20

Il faisait nuit noire dehors lorsque Luke revint, et c'est le bruissement des branches d'arbres qui réveilla Aubrey de son sommeil épuisé. Elle s'assit en frottant ses yeux ensommeillés, prête à affronter tout ce que Luke aurait à lui dire. Lorsqu'il passa sa tête dans la tente, l'absence de colère dans son expression la laissa stupéfaite.

« Salut, dit-il. Je peux entrer ?

— C'est ta tente, » dit Aubrey, et elle se sentit idiote.

Luke grimpa à l'intérieur et s'installa à côté d'elle. Il tendit la main et saisit la sienne.

« Aubrey, je suis vraiment désolé, » dit-il, ce qui lui coupa le souffle.

« Q... quoi ? » balbutia-t-elle, confuse.

« Je suis désolé que tout ça te soit arrivé. Je suis désolé de ce qui s'est passé avec ton ex, je suis désolé de ne pas avoir été plus prudent en matière de protection, et je suis désolé que tu aies eu à faire ce genre de choix, » dit-il. Il serra sa main dans la sienne. « Personne ne devrait avoir à vivre ça. J'aurais seulement... voulu que tu me le dises plus tôt. Je ne comprenais pas pourquoi tu me résistais tellement, alors qu'on est si compatibles. À présent, je crois que je comprends un peu mieux.

— Je t'ai raconté cette histoire à propos de Lawrence parce que je voulais que tu comprennes pourquoi je t'avais quittée à San Diego sans dire au revoir. J'avais passé un week-end vraiment parfait avec toi, et je voulais simplement qu'il le reste. Ça m'a vraiment fait du bien, et je n'étais pas prête pour quoi que ce soit de plus. C'était comme une boule à neige, comme un instant parfait pris dans une bulle. Je pouvais le saisir et y penser et me sentir bien quand je voulais. Et tu me l'as donné, dit Aubrey. Mais je savais que si tu te rapprochais de moi, il faudrait que je te raconte le reste, et qu'alors tu t'en irais. Et je n'ai vraiment, vraiment... Luke, je n'ai pas envie que ça arrive. »

Luke posa sur elle un long regard mesuré. Pendant un instant, elle craignit qu'il fût encore en colère, au lieu de quoi il se pencha en avant et effleura ses lèvres d'un baiser.

« Je suppose que je n'avais jamais vu ça comme ça, comme emprisonner un souvenir dans une boule à neige. Mais j'ai fait la même chose. Je pensais à toi tout le temps quand j'étais à l'étranger, je fantasmais davantage sur toi que je n'aime à l'admettre. Après la Jordanie, je savais que j'étais trop esquinté pour revenir vers toi. Mais je pensais quand même à toi tout le temps, je te le jure, » dit Luke, dont les paroles sonnaient à la fois comme un aveu et une promesse.

« Oh, Luke... » Aubrey poussa un soupir et leva la tête. Il l'embrassa à nouveau, plus profondément cette fois, mais la libéra au bout d'un instant.

« Quand mon père nous a convoqués à la maison et nous a fait asseoir pour nous parler du décret des Alpha, mes frères sont devenus dingues. Ils étaient tous vraiment furieux, et à juste titre. J'ai été furax pendant une minute, emporté par leur colère, mais ensuite... Ensuite, j'ai réalisé que j'avais peut-être une autre chance de te voir. Je t'ai cherchée à la soirée de rencontres, même si j'étais sûr que tu te serais déjà casée avec quelqu'un d'autre. Je sais que j'ai tout fichu en l'air là-bas...

— Tu n'as rien fichu en l'air. Je n'avais aucun droit d'être jalouse, pas après t'avoir planté à San Diego, rectifia Aubrey.

— Tout de même. J'aurais dû en faire plus. J'avais l'intention de me lancer à ta recherche, mais toute cette histoire de fête m'a complètement fait paniquer. Et ensuite, je me suis mis à boire, et cette fille est sortie de nulle part... » Luke passa sa main libre dans ses cheveux, et secoua la tête d'un air agacé. « Seigneur, quand je t'ai vue, j'ai vraiment paniqué. En plus, quand j'ai enfin été suffisamment sobre pour te courir après, tu étais partie depuis longtemps. J'étais vraiment remonté contre moi-même.

— Et en ce qui concerne... le reste ? » lui demanda Aubrey en déglutissant.

« J'aurais voulu que tu me retrouves plus tôt, que tu me dises tout. Mais je ne peux pas t'en vouloir de ne pas avoir fait ce que moi-même, j'ai été incapable de faire. Et la grossesse... Aubrey, rien de tout ça n'est ta faute. Tu n'as rien fait de mal.

— J'allais me faire avorter, » dit Aubrey, tandis que de nouvelles larmes se formaient dans ses yeux. « Je l'ai fait de manière très rationnelle. J'ai pris le rendez-vous. En gros, c'est moi qui ai empoisonné le puits. J'avais l'impression de... d'avoir perdu le bébé parce qu'il savait qu'il n'était pas désiré.

— Aubrey, » dit Luke, très sérieux. « Ce n'est pas vrai, et tu le sais. Ces choses-là arrivent, c'est tout. Si on pouvait se débarrasser d'un bébé rien qu'en le souhaitant, je crois que ça aurait fini par se savoir. Je ne veux pas que tu perdes ton temps et que tu gaspilles ton énergie à penser ce genre de choses. N'empoisonne pas ton propre puits, pour utiliser ta formule.

— Alors... c'est tout ? Tu me pardonnes, comme ça ? » demanda-t-elle en essuyant sa joue humide du dos de sa main.

« Il n'y a rien à pardonner. D'une certaine manière, ça fait du bien d'être avec quelqu'un qui traîne ses propres casseroles. Ça me donne l'impression d'être moins minable, » dit-il en haussant une épaule.

Aubrey eut un demi-sourire, et fronça le nez.

« C'est gentil, dans le genre tordu, dit-elle.

— Je sais, je sais. Mais à présent... on est tous les deux ici. Et peut-être que je suis tout esquinté, et peut-être que tu as peur de prendre un partenaire, mais... on a le monde entier à notre portée, Aubrey. On peut aller aussi vite ou aussi lentement que tu voudras, je m'en fiche. Je veux seulement qu'on fasse tout ça ensemble, acheva-t-il.

— Et Portland ? demanda Aubrey.

— On s'en fout, de Portland. On n'a qu'à s'installer dans une cabane dans les bois et ne plus jamais voir personne. Je peux faire du télétravail ou un truc dans ce genre-là, déclara Luke.

— Et mon boulot, que j'adore ? voulut savoir Aubrey.

— Aubrey Umbridge, si tu veux bien de moi, je vivrai où tu voudras. Franchement, » dit Luke, exaspéré.

« Pourquoi pas une petite maison en bord de mer ? Ou alors, un appart' vraiment bruyant en plein centre-ville ? » demanda-t-elle, sachant qu'il détesterait ce scénario.

« Appart, petite maison. Ça marche, et ça marche, » dit-il avec un rire.

« Très bien. Eh bien, j'imagine que je ne peux pas décliner cette offre, » dit-elle en battant des cils.

« Voilà qui est décevant, » plaisanta Luke en retour.

Aubrey se jeta sur lui, en serrant son corps contre le sien. Elle plaqua ses lèvres contre la bouche de Luke, savourant le fait de se sentir toute petite tandis qu'il l'enveloppait de ses bras.

« J'ai envie de toi, Luke. Tout de suite, murmura-t-elle.

— Tu m'as, Aubrey, » lui promit Luke. « À n'importe quelle heure du jour ou de la nuit, n'importe où.

— Emmène-moi sous la tente, » soupira-t-elle.

Tandis que Luke la soulevait et l'emportait à l'intérieur, Aubrey se dit que son cœur risquait d'exploser de bonheur.

21

Aubrey adorait la tendresse et les attentions dont Luke faisait montre tandis qu'il l'allongeait sur l'épais matelas de la tente. Ses mouvements étaient calmes et mesurés, et Aubrey s'aperçut qu'elle n'avait jamais vu son partenaire ainsi, en paix avec lui-même et le monde autour de lui.

Luke s'étendit à côté d'elle, entremêlant ses doigts aux siens. Il lui donna un long baiser langoureux, ses lèvres et sa langue l'explorant par de douces caresses. Aubrey inspira profondément, brûlant déjà pour lui alors que tous deux étaient encore complètement vêtus. Luke avait l'art de lui faire cet effet, de lui donner plus de désir qu'elle n'aurait jamais cru possible.

Elle tira son mince pull gris et son T-shirt de coton doux vers le haut, glissant ses mains dessous pour laisser ses doigts se promener sur la chair ferme qui s'y trouvait. Elle fit remonter ses caresses depuis sa taille, son pouce plongeant pour longer le V de muscles près de l'os de son bassin. Les abdos de Luke se contractèrent, trahissant sa sensibilité à sa caresse tandis qu'il lui mordait la lèvre inférieure, lui rappelant son côté dominateur.

Aubrey recula et tira sur son propre T-shirt, ravie lorsque Luke s'assit et l'aida à en dépouiller son corps.

« Toi, alors, t'es vraiment un sacré, » s'émerveilla-t-elle en passant ses mains sur la perfection musclée de ses épaules et de ses bras, tout en jetant un coup d'œil à son torse et à ses abdos parfaitement sculptés.

« Tu peux parler, » dit Luke en haussant un sourcil.

Aubrey le fit taire en l'embrassant sauvagement tandis qu'elle le poussait sur le dos. Elle observa attentivement son visage tandis qu'elle trouvait le bouton de son pantalon et ouvrait sa braguette. Le désir et l'adoration qu'elle vit dans ses yeux l'atterrèrent, et la rendirent audacieuse. En trente secondes, elle l'avait dépouillé de tout sauf son boxer gris moulant, et ses yeux dévoraient chaque centimètre de peau dénudée.

Tout en l'embrassant à nouveau, de manière lente et aguicheuse cette fois, elle effleura du bout des doigts ses hanches et le haut de ses cuisses. Son membre tressaillit tandis qu'il poussait un faible grognement, exigeant qu'elle entre dans le vif du sujet. Cependant, Aubrey avait l'intention de prendre son temps et d'explorer chaque parcelle de son homme.

Glissant ses doigts dans l'élastique, elle fit descendre le boxer sur les hanches de Luke, libérant son érection. Elle la prit dans sa main, une fois de plus stupéfaite de sa taille considérable. La base de son sexe était trop épaisse pour qu'elle puisse refermer ses doigts autour, et lorsque son membre reposait contre son ventre, il lui atteignait presque le nombril. Tous les métamorphes étaient bien dotés, mais Luke remportait incontestablement la palme.

Luke poussa un grognement, et ses yeux se fermèrent en

papillonnant tandis qu'il donnait des coups de reins dans sa main. Aubrey caressa la chair dure et soyeuse du sommet à la racine, son pouce longeant les veines épaisses juste sous la peau. Elle balaya le bout arrondi de son pouce, répandant de sa caresse le liquide pré-séminal visqueux.

Rejetant ses longs cheveux en arrière par-dessus son épaule, Aubrey se pencha en avant et lui donna un seul long coup de langue de bas en haut avant de refermer ses lèvres autour du gland. Luke poussa un cri, et tout son corps se raidit.

Aussitôt, Luke se retira. Il saisit Aubrey et la plaqua à côté de lui, puis se souleva pour la dominer de toute sa taille.

« Ça suffit, la réprimanda-t-il.

— Mais... commença Aubrey.

— Ça fait trop longtemps pour moi. Je veux faire en sorte que tu prennes du bon temps, et tu es à deux doigts de tout foutre en l'air. Littéralement, » lui dit-il, un frémissement amusé aux lèvres.

Elle soupira, mais elle était trop excitée pour être contrariée. Son tour viendrait de contrôler son plaisir à lui, même si ce n'était pas à cette minute précise.

« Pourquoi est-ce que je suis le seul à être nu ? » demanda Luke, en feignant l'exaspération. Il fit glisser la robe sur son corps, ignorant ses faibles protestations lorsqu'il lui retira également son soutien-gorge et sa culotte. Le désir d'Aubrey faiblit ; elle se sentait trop exposée, presque gênée tandis que les yeux de Luke parcouraient sa chair plantureuse et nue.

Lorsqu'elle essaya de se couvrir, et que ses mains atterrirent sur son ventre arrondi, Luke lui adressa un grondement.

« Arrête de gâcher ma vue, » la réprimanda-t-il en lui

écartant les mains. « Bon sang, t'es trop belle, j'ai envie de t'embrasser partout, mais je n'arrive pas à décider par où commencer. »

Aubrey rougit tandis que Luke s'allongeait à côté d'elle et attirait son corps contre le sien. Ses seins et ses cuisses effleurèrent son corps, lui donnant un aperçu aguicheur de la chaleur qui émanait de lui. Luke effleura le coin de sa bouche d'un baiser, et en déposa d'autres le long de sa mâchoire jusque sur son cou. Il effleura son oreille de ses lèvres, la faisant frissonner de plaisir.

Il lui embrassa le cou et les épaules tandis que ses mains trouvaient ses seins, soupesant leur lourde masse. Il titilla ses mamelons de ses pouces tandis qu'il marquait son cou de rapides coups de dents. Le désir s'embrasa à nouveau en elle, ses seins douloureusement en feu tandis que son désir, liquide, s'accumulait dans son bas-ventre.

« Luke... » murmura-t-elle.

Il porta son attention sur ses seins, effleurant de sa barbe légère le dessous de chacun. Lorsque ses lèvres se refermèrent sur son mamelon, elle gémit et arqua le dos, avide. Tandis qu'il caressait son téton de sa langue, ses doigts tracèrent une ligne le long de son ventre et plus bas, trouvant et explorant ses petites lèvres.

« Putain, tu mouilles déjà pour moi, » gronda Luke. Il abandonna ses seins, ses doigts écartant ses lèvres, faisant le tour de son centre.

Au premier contact du bout de ses doigts contre son clitoris, Aubrey faillit jouir. Elle avait l'impression que sa peau était trop étroite, et sa chair devenait moite tandis que le désir la consumait. Elle en voulait davantage, il lui en fallait davantage, mais elle n'avait pas la force de l'arrêter. Les doigts habiles de Luke la conduisirent toujours plus haut, au point qu'elle crut qu'elle allait voler en éclats. Juste au moment où elle allait jouir, elle s'écarta.

« Qu'est-ce qui ne va pas ? » demanda Luke en l'embrassant profondément.

« Je veux qu'on le fasse ensemble, » dit Aubrey. Elle n'avait pas exprimé ses désirs tout haut depuis qu'elle avait été avec lui à San Diego, et ça la mettait un peu mal à l'aise.

Le grondement par lequel Luke lui répondit, la manière dont il la saisit par la taille pour l'attirer à lui et dont il lui donna un baiser exigeant, lui indiquèrent qu'elle avait dit ce qu'il fallait.

À la grande surprise d'Aubrey, Luke l'attira sur son corps, l'installant à cheval sur ses hanches. Il donna un coup de reins vers le haut lorsque sa chaleur descendit envelopper son membre, et se frotta contre elle. Il leva la main et passa le rideau sombre de ses cheveux par-dessus son épaule, le désir rendant ses yeux pratiquement luisants.

« Regarde-toi, » dit-il à nouveau, traçant de ses mains le contour de ses hanches, puis les posant en coupes sur ses seins. « Putain, Aubrey. J'ai besoin d'être en toi. »

Luke la souleva légèrement, saisit son érection et titilla son centre de sa large extrémité. Aubrey remua, alignant leurs corps de sorte que le bout de son sexe s'enfonçât dans l'entrée de son passage glissant et avide.

Douloureusement, centimètre par centimètre, Aubrey le prit en elle en frissonnant tandis que son corps s'étirait pour s'adapter à sa taille. Luke la saisit fermement par les hanches, une expression torturée sur le visage, mais il eut le mérite de ne rien faire d'autre qu'exhaler un long souffle sifflant.

« Putain de merde, Aubrey. C'est tellement bon, encore meilleur que dans mes souvenirs, » dit-il. Une veine palpitait sur sa tempe, et d'autres ressortaient sur ses bras puissamment musclés tandis qu'il se tenait fermement la bride.

À la seconde où Aubrey se mit à bouger, il bougea avec elle. Elle se soulevait et s'abaissait, la sensation du sexe de Luke frottant contre chacun de ses points sensibles hérissant sa peau de chair de poule.

Luke se retenait toujours, et détournait son attention en lui pétrissant et embrassant les seins tandis qu'elle imposait un rythme lent et profond. Des ondes de chaleur liquide remontèrent dans tout son corps tandis qu'elle accélérait le rythme, ses seins rebondissant et ses fesses retombant contre Luke avec un agréable claquement.

Cependant, il attendait quand même ; son partenaire avait une patience d'ange. Mais Aubrey ne voulait pas de sa patience.

« Baise-moi, Luke. Lâche-toi, » ordonna-t-elle.

Luke donna un coup de reins contre son corps, la remplissant complètement, et ils poussèrent tous deux un gémissement de satisfaction. Il bougeait sous elle, ses mains serrant à nouveau ses hanches opulentes tandis qu'ils trouvaient un tempo brutal et enfiévré. Le regard bleu vert de Luke était rivé sur son visage, et Aubrey ne pouvait s'empêcher de l'admirer.

Tout le contrôle méticuleux de Luke disparut tandis qu'il pilonnait son corps, émettant des grondements de plaisir à chaque petit coup de bassin d'Aubrey.

« T'es tellement étroite, tellement chaude, » fit-il, les dents serrées. « J'peux pas attendre... »

Son large pouce trouva son clitoris, et le caressa en cercles insistants jusqu'à ce que le corps d'Aubrey se contracte et se tende tandis qu'elle atteignait l'apogée. La bouche de Luke trouva la courbe sensible de son sein, et enfonça ses dents dans sa chair, créant une explosion lumineuse de plaisir et de douleur qui la fit voler en éclats en un instant.

Aubrey cria sa délivrance tandis que son corps se serrait et se contractait autour du membre de Luke, la sensation si intense que pendant un moment elle n'eut conscience de rien d'autre que d'étoiles explosant dans les ténèbres. Le cri similaire de Luke la ramena sur Terre, et Aubrey cria à nouveau tandis qu'il ondulait contre son corps, faisant jaillir sa semence au plus profond de ses entrailles. Son membre tressaillit encore et encore, le bonheur de l'extase et de la délivrance évident sur son visage.

Lorsqu'il ralentit, en reprenant péniblement et désespérément son souffle, Luke saisit Aubrey par la nuque et l'attira brutalement vers le bas, la plaquant contre son torse. Ils restèrent allongés, unis, pendant quelques minutes, ou quelques heures, ou pour l'éternité, chacun respirant l'autre tandis que leurs cœurs tonnaient dans leurs poitrines. Aubrey blottit son visage contre le cou humide de sueur de Luke, inspirant dans ses poumons de profondes goulées de son odeur masculine.

Enfin, Luke bougea sous elle, et Aubrey sut qu'il fallait qu'elle change de position pour qu'il puisse respirer. Il avait beau être immense, elle devait certainement l'écraser. Lorsqu'elle fit mine de s'écarter, Luke la saisit à nouveau par la nuque, un geste possessif qui fit faire un saut périlleux à son estomac.

« Où est-ce que tu vas ? » demanda-t-il, son autre main venant se poser sur ses fesses avant de glisser vers le haut pour lui caresser paresseusement le dos en décrivant des cercles.

— J'allais seulement...

— Ne bouge pas pour moi. Je te garderais là pour toujours si je le pouvais, » soupira Luke en effleurant son oreille du bout du nez et en l'embrassant dans le cou jusqu'à ce qu'elle se mette à glousser.

« Je me mets seulement… à l'aise, tu sais, » dit Aubrey en roulant pour s'allonger à côté de lui. « Tu dois grimper dans les cinq cents degrés, tu sais. »

« À qui la faute, hein ? » la taquina Luke en l'embrassant. « C'est toi qui m'as mis le feu. Bon sang, mon ours est encore plus amoureux de toi que moi. »

Aubrey se figea. Se pouvait-il vraiment qu'il le pensât ?

« Hé, » dit Luke en lui levant le menton afin de pouvoir voir son visage.

« Ouais, » dit Aubrey en lui souriant sans conviction.

« Sans rire. Tu dois bien savoir que je t'aime, pas vrai ?

— Luke, tu n'es pas obligé de…

— Tu me diras ça plus tard. Ne bouge pas, » lui dit-il. Il s'assit et regarda autour de lui, prit ses vêtements et fouilla dans les poches de son pantalon.

Aubrey le regarda en fronçant les sourcils, la chaleur de son corps, dont elle s'était si récemment moquée, lui manquant déjà. Lorsqu'il s'allongea à nouveau, face à elle, elle se sentit à nouveau satisfaite. Elle lui sourit, sur le point de se blottir contre lui et de s'endormir.

« Attends, attends. Je sais que je t'ai épuisée, mais laisse-moi une seconde, » dit Luke. Il lui prit la main et l'ouvrit pour déposer un petit objet dans sa paume. Aubrey le leva à hauteur de son visage en battant des paupières.

« Un écrin de bague, » dit-elle tout haut, et elle se sentit idiote.

« Euh, ouais. » Luke la regarda, tendit la main et ouvrit l'écrin. À l'intérieur reposait une bague éblouissante en diamant et saphir, plus étincelante que tout ce qu'Aubrey avait jamais tenu dans sa main.

« Luke ! » s'écria-t-elle. Elle lui donna une tape sur le torse de sa main libre, perplexe. « Qu'est-ce qui te prend ?

— Écoute. Tu n'es pas obligée de la porter. Peut-être que tu la trouves affreuse, commença-t-il.

— Non ! Non. Elle est plus que magnifique, » dit Aubrey, dont les yeux s'emplissaient de larmes.

« C'est juste que... Tu sais, je veux que tu sois ma partenaire, et je veux que tu portes ma bague. Est-ce que je suis en train de tout foirer ? » demanda-t-il en remarquant les larmes qui se mettaient à rouler le long des joues d'Aubrey.

« Non, » dit-elle, d'une voix soudain rauque.

« Aubrey Rose Umbridge, tu... tu es celle qu'il me faut, dit Luke. Veux-tu bien porter ma bague plus que magnifique ?

— O... oui ? » dit Aubrey, sous le choc.

Luke la regarda pendant un long moment, puis eut un large sourire.

« Je vais me contenter de ça, » plaisanta-t-il. Il prit l'écrin et en sortit la bague. Lorsqu'il la lui passa au doigt, Aubrey ne put réprimer un sanglot. « Mais, sans rire, s'il te plaît, dis-moi que ce sont des larmes de joie. Je t'en prie.

— Moi aussi, je t'aime, » lâcha Aubrey en jetant ses bras autour de Luke. Il éclata de rire et la serra contre lui.

« Putain, Dieu merci, » dit-il en s'écartant pour lui donner un baiser. « Alors, ça valait le coup de retarder ton coucher, j'espère ? »

Aubrey lui donna une nouvelle tape sur le torse, puis tendit la main pour admirer la bague.

« Partenaires, » dit-elle tout haut.

« Partenaires, » répéta Luke en lui prenant la main pour l'attirer à lui.

Bien que ce fût la dernière chose au monde qu'Aubrey eût attendue de sa journée... bon sang, à aucun moment de toute sa vie jusque là, elle ne se rappelait pas avoir été plus heureuse. Pas même à San Diego, là où tout avait commencé.

À SUIVRE...

Pas si vite ! Ces ours Alpha chauds comme la braise n'ont pas fini de vous faire frémir. La Révélation de Noah, la seconde histoire longue dans la série des Ours de Red Lodge, désormais disponible sur Amazon ! **Tournez la page pour avoir un aperçu de l'histoire de Noah et Charlotte.**

UN EXTRAIT DE LA RÉVÉLATION DE NOAH

Charlotte avait toujours été une gentille fille, une enfant respectueuse, une infirmière bienveillante. Mais à cet instant, elle se voyait reflétée dans les regards de Noah et Finn : une bombe sexuelle, qu'ils avaient envie de combler de plaisir et de dévorer. Elle en avait envie, tellement envie que c'était presque douloureux. Son dernier coup d'un soir remontait à plus d'un an, et tout à coup elle n'avait plus envie d'attendre une minute de plus. Elle était pompette, excitée et prête, prête pour les promesses qu'elle voyait écrites sur les visages de Noah et Finn.

Seulement... comment était-elle censée choisir entre eux ? Ils étaient d'une beauté littéralement identique, bien qu'elle eût un faible pour les cheveux plus longs de Noah. Elle leva la main et fourra ses doigts dans ses mèches humides et ébouriffées, savourant la sensation douce et chaude de ses cheveux contre ses doigts. Elle s'imaginait tirant sur ces cheveux-là tandis qu'il lui ferait des choses inimaginables...

Puis elle leva les yeux vers Finn, en pensant à sa gentillesse et à son bon cœur. Il était tout ce qu'elle recherchait chez un homme, toutes ces choses qu'elle n'avait jamais trouvées dans un si joli emballage auparavant. Il serait un amant attentionné et minutieux, qui prendrait soin de tous ses désirs.

Finn portait une chemise gris clair avec un pantalon foncé, alors que Noah était une fois de plus vêtu d'une chemise blanche et d'un pantalon de costume noir. La chemise de Noah était déboutonnée au col, laissant entrevoir sa peau lisse et hâlée. Cependant, Finn avait si fière allure avec sa cravate…

Son regard passa une dernière fois de l'un à l'autre, et elle poussa un profond soupir. Elle cambra le dos, approchant ses lèvres de l'oreille de Finn.

« Comment est-ce que je suis censée choisir l'un de vous deux ? » demanda-t-elle d'un ton suppliant.

Finn se raidit contre elle, et elle remarqua que Noah l'imitait au bout d'une seconde. Elle leva la tête et regarda Noah, qui se lançait dans une communication silencieuse avec Finn. Pendant un instant, Charlotte se demanda s'ils n'utilisaient pas une espèce de télépathie entre jumeaux. Elle rit d'elle-même, ses lèvres s'incurvant en un sourire.

Noah abaissa ses lèvres contre son oreille, son souffle chaud contre sa chair sensible la faisant frissonner.

« Tu n'es pas obligée de choisir ce soir, Charlotte. Est-ce que tu nous veux tous les deux ? » demanda-t-il.

Charlotte se mordit la lèvre, et leva les yeux vers lui. Son expression était sincère, dénuée de jugement. Elle hocha la tête, et fut récompensée lorsque Noah effleura son cou de ses lèvres. Une demi-seconde plus tard, Finn l'embrassa dans le cou au même endroit de l'autre côté, et Charlotte se crut sur le point de mourir de désir.

BULLETIN FRANÇAISE

REJOIGNEZ MA LISTE DE CONTACTS POUR ÊTRE DANS LES PREMIERS A CONNAÎTRE LES NOUVELLES SORTIES, OBTENIR DES TARIFS PREFERENTIELS ET DES EXTRAITS

https://kaylagabriel.com/bulletin-francais/

DU MÊME AUTEUR

Les Guardiens Alpha

Ne vois aucun mal

N'entends aucun mal

Ne dis aucun mal

L'Ours éveillé

L'Ours ravagé

L'Ours règne

———

Ours de Red Lodge

Le Commandement de Josiah

L'Obsession de Luke

ALSO BY KAYLA GABRIEL (ENGLISH)

Alpha Guardians

See No Evil

Hear No Evil

Speak No Evil

Bear Risen

Bear Razed

Bear Reign

Red Lodge Bears

Luke's Obsession

Noah's Revelation

Gavin's Salvation

Cameron's Redemption

Werewolf's Harem

Claimed by the Alpha - 1

Taken by the Pack - 2

Possessed by the Wolf - 3

Saved by the Alpha - 4

Forever with the Wolf - 5

Fated for the Wolf - 6

ÀPROPOS DE L'AUTEUR

Kayla Gabriel vit dans la nature sauvage du Minnesota où elle jure apercevoir des métamorphes dans les bois qui bordent son jardin. Ce qu'elle aime le plus dans la vie, ce sont les mini marshmallows, le café et les gens qui se servent de leurs clignotants.

Contactez Kayla par
e-mail: kaylagabrielauthor@gmail.com et assurez-vous de vous procurer son livre GRATUIT :
https://kaylagabriel.com/bulletin-francais/
http://kaylagabriel.com

www.ingramcontent.com/pod-product-compliance
Lightning Source LLC
LaVergne TN
LVHW011837060526
838200LV00053B/4073